搖搖紙扇訪宋朝

文／王文華　圖／L&W studio
審訂／中央研究院歷史語言研究所助研究員　柳立言

目錄

人物介紹

機車老師

體型手長腳長，活蹦亂跳像螳螂，原是最受歡迎的熱門樂團主唱，這學期莫名其妙擔任可能小學六年級社會科老師。有人問起：他懂得怎麼教學嗎？嗯，這個問題很好，但沒人在意，因為連校長都變成瘋狂粉絲，只想跟他要簽名照。

潘玉珊

可能小學六年級學生，有一頭暗紅色的頭髮，和一顆永不止息的好奇心。小四那年跟爸爸騎單車環島；小五爬玉山還游泳橫渡日月潭。目前，她把眼光朝向喜馬拉雅山，勤練攀岩和滑雪，只等暑假，她就要立即出發。

畢伯斯

可能小學六年級學生，崇拜蘋果電腦的賈伯斯。多才多藝，除了是陶藝社社長，還幫話劇社用B-box做配樂。熱愛可能小學，因此患有嚴重的可能小學畢業生症候群，一想到要畢業了，他就煩惱。

阿呱

本名叫做沈括，他的包袱裡有一疊紙，全是密密麻麻的觀察筆記；還有他親手繪製的插圖，從機械的外觀到內部都畫得很詳盡，他對宋朝的事情特別有興趣——走到哪，問到哪；問到哪，記到哪。

畢蘭

畢氏印書鋪的掌櫃兼招待員，她的聲音清脆，每一句話都讓聽者舒舒服服，難怪連得五屆汴京最佳服務員獎。

耶律王爺

從大遼來的香料商人。畢伯斯撞到了他載香料的駱駝，他竟然伸手跟畢伯斯要十兩聞香費。奇怪了，什麼是聞香費？這筆錢又和宋、遼兩國有什麼關係呢？

包拯

人稱「汴京城黑臉小包，好打抱不平的小包。」有什麼冤屈，有什麼不平，汴京城的人都知道，只要找小包出面就對了。像這回，畢伯斯弄丟了易老闆交代的瓷瓶，怎麼辦呢？快找小包。

1 宋瓷演唱會

地點：開封府前大廣場。

時間：晚上七點。

銀色探照燈照亮夜空，彩色霓虹燈在煙霧裡閃爍。轟！巨型火把噴出大火；轟！震天喇叭震出第一個音符，強襲所有的人。

這是機車樂團的演唱會。

廣場上擠滿了人，官員、秀才和仕女都跟著音樂擺動肢體。仔細一瞧，他們都是可能小學的師生啊！

天哪，可能小學竟然把全校都帶到宋朝？小朋友們還戴著假髮，穿著不知道哪裡借來的服飾。

宋朝的朋友們，
今天讓你們見識一下來自
21 世紀的天籟之音！

手長腳長的機車老師上場了，他像隻螳螂般在舞臺上蹦跳。

舞臺四周的布置全是宋朝瓷器。雨過天青的汝窯碗；潔白如玉的定窯花瓶；呈現自然冰裂紋的哥窯酒壺。它們在聚光燈下散發著溫潤的光芒。

六年級的畢伯斯正瞪著舞臺布景發呆。原來那是一張地圖，標示著宋朝瓷器從絲路到歐洲的出口路線。

「各位朋友，今天晚上『宋』不『宋』啊？」

「當然『宋』啦！」全場的觀眾跟著狂喊。

不過，畢伯斯不受影響，他腦子裡有個聲音噹噹噹的響。他打開手機，對比舞臺布景。

這路線怪怪的。宋朝首都在汴京，也就是開封，背景地圖的起始點卻在長安。自從機車老師來教社會課以後，他已經養成習慣，老師說的不一定對。想知道正確答案，一定要自己查過才放心。

這也算是一種學習方法嗎？

畢伯斯高舉手機，擠到舞臺下大喊：「地圖不對。」

「哪裡不對？」機車老師在臺上問。

「北宋的首都不是長安而是開封，那些赫赫有名的官瓷就在開封生產。」

「沒有人會注意這種小細節啦。」機車老師跳回舞臺中央，甩動一頭鬈髮，撥動琴弦，迎來觀眾的喝采……下一瞬間，燈光全亮，音樂驟然停止，一陣巨大的聲響自舞臺上空的擴音喇叭傳來。

「接下來拍第六幕，請大家拿起手上的茶說『開封烏龍茶最宋』。」那是大鬍子導演的聲音。他還順便警告畢伯斯：「閒雜人等，請退到旁邊。」

原來，這是在拍開封烏龍茶的廣告，機車老師請大家配合當臨時演員。

原來，這是可能小學的操場。千年古城牆、石板街道、皇城廊橋，全是4D投影機的效果。

「等你們拍好就來不及了。」畢伯斯大叫。

機車老師放下吉他。「這位同學，請你快去把對的地圖找出來，我再請廣告公司修改。」

「沒問題。」畢伯斯擠出人群。

潘玉珊追過來問：「你要去哪裡？」

「舞臺上的地圖印錯了。」

麥克風傳來機車老師的聲音：「你們快去找，沒找到地圖別回來。」

潘玉珊掀開布幕一角，外頭是可能小學的教學大樓。她回頭望了一眼：「真的很怪，重金屬搖滾樂配上宋朝的瓷器，不搭。」

這問題，畢伯斯老早就提過了。

校長的回答是：「不管怎麼怪，這就是可能小學啊。」

可能小學位於捷運動物園站的下一站。

動物園都是最後一站了，還有下一站？

當然！在可能小學裡，沒有不可能的事。

他們可以把冰山搬進校園，把大海縮成池塘。小朋友想觀星，校內有天文館；小朋友想去戶外教學，說走就走，絕不囉嗦。

那麼，請搖滾樂團開演唱會，還把學校變成宋朝開封府，也就沒有什麼不可能了。

對了，臺上蹦蹦跳跳像隻螳螂的機車主唱，就是這學期的社會老師。

畢伯斯和潘玉珊走到地下停車場。

今天的停車場成了演唱會的後臺，堆滿了音響設備、樂器和各種顏色的電線。

數不清的道具箱堆疊著，樂手們的服裝凌亂的掛在架子上。

最角落有一扇木門，木門上畫了個骷髏頭。底下被人踹破了一個洞，洞裡射出無比耀眼的光芒。

那裡是「可能小學地圖室」。

重文輕武的宋朝

西元九百六十年，陳橋這個地方發生了一件大事：士兵們清早起來，硬把龍袍套到他們的指揮官趙匡胤身上。趙匡胤因此當上皇帝，開創了北宋。

趙匡胤雖然當上皇帝，卻當得提心吊膽。擔心今天部下們擁立他，明天說不定就把龍袍套在別人身上。後來他想到一個好方法：把部下們找來，一邊喝酒，一邊勸說他的部下，只要交出兵權，就有用不完的金銀珠寶。

這些部下都是明眼人，知道皇帝對自己猜忌；既然有大把財富可花用，又何必惹得皇上不開心呢？於是個個眉開眼笑的交兵權換賞金。

「陳橋兵變」及「黃袍加身」這兩件事在歷史上都很有名，它們結束了唐朝末年到五代十國的兵荒馬亂局面，讓中國進入一段長久的和平歲月。然而，「杯酒釋兵權」讓宋朝的將軍們乖乖聽話，卻也讓宋朝從此重文輕武。

因為重文輕武，宋朝一直有「外患」問題。不管是遼國、西夏、金國或蒙古，自始至終都不斷的威脅著宋朝；但也因為重文輕武，宋朝成了中國歷史上經濟與文化最繁榮的時代。

趙匡胤是武將出身，卻立下一條祖訓，要求子孫不得殺害文人。讀書人的地位提升了，文學藝術的創作也增加了。唐宋八大家（唐朝及宋朝八位最好的文學家）之中，光是宋朝就一口氣入選了六位。宋朝的科技發達，四大發明之一的活字版印刷就是此時發明的。宋朝更把瓷器的製造提升到最高的境界，顏色如「雨過天青」的汝窯瓷器，直到今天依然無人能夠模仿。

超時空傳聲筒

2 定案易定

地圖室，他們來過很多次了。

小小的，暗暗的，加上一盞昏黃的燈泡。

但是現在——

推開門，裡頭很亮，燦爛的陽光從窗外灑進來。

奇怪了，這裡明明是地下室啊。

成排的木架上，擺滿做好的泥土素坏。

花瓶、酒壺、茶碗和盤子，架子上擺得琳琅滿目。

「這裡什麼時候改成陶藝教室了？」潘玉珊問。

「我們陶藝社沒在這裡上過課！」畢伯斯是社長，他很清楚。

他們好奇的走進屋裡。怪的是，腳踩下去時，腳尖傳來一股極細微的電流。不痛不癢，輕快的流過全身每一個毛細孔。

電流一瞬即過，感覺卻像過了一輩子。

畢伯斯忍不住看了看潘玉珊。

潘玉珊也正好奇的望著他，彷彿在那一剎那，他們都變了。

明明沒有。

他們身上還穿著宋代衣服，人還是原來的樣子。但再往屋內走，感覺更怪了。

地圖室裡的空間變得好大。而且這幾十排的陶瓷器皿是哪裡來的？

「地圖架呢？」潘玉珊問。

畢伯斯聳聳肩，他也不知道。

更怪的是旁邊多了一間房。上次他們來這裡找東漢地圖時，根本沒有這間房。

現在，小小地圖室的右側多了一道門。門後面的房間更大，好多穿著古裝的人在裡頭忙，規模不像是陶藝教室，倒像是一間工廠。

「好了，又來了。地圖室又把我們帶回古代了。」畢伯斯說。

「問題是，我們到了哪一朝？」潘玉珊一向好奇心重。「走吧，再往裡面看看。」

她帶頭，畢伯斯跟著，兩個人踏進隔壁的房間。

幾十個叔叔、伯伯在拉坏。他們的手法熟練，一腳踩著轆轤，兩手在一塊溼泥巴上拉呀拉。不一會兒功夫，就拉出一個個碗盤。

在可能小學的工藝教室裡，轆轤都是電動的。按下開關它們就會自動轉起來，要快要慢都沒問題。

但現在，畢伯斯看不見任何一樣電器用品。很原始的轆轤是用腳踩的，做出來的成品卻讓他自嘆不如。「陶藝老師也沒有他們做的好。」

有人在修坏，有人在揉土，還有人用手捏土，做好的成品就分門別類的被放到另一個房間。

畢伯斯很好奇，凝神看著一個花白頭髮的爺爺拉坏。

老爺爺一口氣拉出一個長頸的梅瓶後，抬頭看到他說：「你們是新來的學徒?來，換你試試看。」

他說的是畢伯斯。畢伯斯很開心，拉坏他學過。

他坐下來，學老爺爺踩動踏板，轆轤果然動了起來。畢伯斯低頭檢查，真的沒有馬達，就是一條布帶子帶動轆轤轉動。

「不錯喔，起手式很穩。」老爺爺在一旁指導，「往下再多施點力。」

畢伯斯的手巧，老爺爺教得也好。他很快就拉出一個碗面細薄的碗。

老爺爺笑著誇他做得好。「再學三年，我看也可以出來當師傅。」

「三年?」他吐了吐舌頭，「好久喔!」

「三年就能出師，算快的了，到時皇宮裡的碗盤碟瓶都是你拉的，多神氣呀。」

潘玉珊嫌無聊，在工作檯邊用泥巴捏花。

她沒耐性，把玫瑰花捏成了麵疙瘩。這塊疙瘩沒地方放，她看看畢伯斯剛拉好的碗，想也沒想，就把麵疙瘩黏了上去。

「不行。」老爺爺搖搖頭。

「你是說我捏的花不行？」

老爺爺用刀把那塊麵疙瘩刮掉。「我們定窯的瓷器，專在造型下功夫。這是定窯的招牌，不能亂改。只有三流的窯廠才加這些花招。你們當學徒，把基本功學好才是最重要的。」

「我們是學生。」畢伯斯說。

「是來找地圖的。」潘玉珊記得正事。「地圖被你們挪到哪裡去了？」

門外有個年輕的大哥哥走進來拍著手說：「說得好，說得好。」

那個大哥哥又瘦又高。「易定師傅果然名不虛傳，只重造型，不重花俏。」

他說話時比手畫腳的模樣，看起來好像一個人……

畢伯斯想也沒想的大喊：「機車老師？」

大哥哥搖搖頭：「我生平最不愛當老師了。我叫做沈括，朋友們嫌我整天呱呱呱的很吵，都叫我阿呱。」

阿呱說到這兒，嘴角微微牽動了一下，那似笑非笑的表情，酷酷的，跟機車老師好像。

潘玉珊很認真的打量阿呱，阿呱卻專心的觀察窯廠。他的眼光停在畢伯斯腳下。「這是腳帶轆轤？」

易定師傅說：「沒錯，拉坏少不了的器械。」

「好東西、好東西，我在汝窯看過另一種，它們是用牛皮帶動轉盤。」

「牛皮？那應該也不錯。」易定師傅一說完，突然瞪大了眼睛：

「你……你是來打探我們窯廠的祕密嗎？」

阿呱搖搖頭，他從包袱裡拿出一疊紙，一張一張拿給大家看。「這張寫『指南車』。」他說，「這張是磨藥的杵和臼，後頭這張是水車轉動的原理。」

密密麻麻的筆記，附上手繪插圖，從外觀到內部都畫得很詳盡，特別重要的構造還加了剖視圖和細字注釋。

潘玉珊是個很認真的小孩，平時上課都很認真寫筆記。見了阿呱的筆記後，她佩服得直點頭：「太厲害了，用毛筆作筆記？」

阿呱說：「不敢當，在下只是想把當今世上的事物都記下來。」

「什麼都記？難道在寫百科全書？」畢伯斯問。

阿呱聳了聳肩說：「百科全書？那是什麼書？小兄弟，你待會兒解釋給我聽，說不定我也可以記下來。咱們這年頭有這麼多好玩的事，不詳記起來，多可惜！」

「了不起，」易定師傅拍拍他的肩膀：「年紀輕輕，想法深遠，看完我們定窯，還想上哪兒？」

「我四處走走轉轉，接著說不定就去汴京，那裡是京城，好看好玩的事多。」

一聽到汴京，易定師傅眼睛一亮：「太好了，那我有個請託，請你務必答應。」

「請託？」

中國科學指標人物：沈括

在西方人還不知道石油的時候，北宋有個讀書人發現，陝北的人們用一種黑色液體照明取暖。這個讀書人很好奇，反覆研究這個液體，發現它可以用來照明、煮食，便鼓勵大家使用它，還幫它起了一個名字叫「石油」，厲害吧，這個的名字直到今日我們還在使用。

這位聰明的讀書人就是北宋的沈括。沈括從小聰明好學，十四歲就讀完家裡藏書，後來跟著做官的父親遊覽中國各地。這些遊歷使他大開眼界，從中獲得許多知識。讀書加上親自見證，讓沈括不管是在天文曆法、數學、物理、化學、地理、地質、氣象、生物、醫學上，都有重大的成就。西方人甚至尊稱他是「中國科學史上的座標」。

沈括三十三歲在京城開封擔任司天監，他提出用《十二氣曆》代替農曆。《十二氣曆》比現在世界通用的公曆——格里高利曆還要合理，可惜未被採納。

沈括在用指南針定方向時，發現磁針常向東偏；他是歷史上第一個指出磁針「N」極所指的北方與真正的北方有一些偏差的人，這項發現比歐洲人足足早了四百年。

晚年，沈括住在夢溪園，他把一生研究的成果，寫成一部二十六卷的科學鉅著——《夢溪筆談》。《夢溪筆談》是中國古代科學技術成果的資料庫，像活字印刷、磁針裝置、水法鍊鋼等，全靠這本書記錄而留傳下來。

超時空傳聲筒

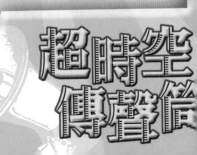

3 易定師傅的請託

易定師傅領著他們走進另一間房。

「地圖室什麼時候變成了魔法空間？到底有幾間房啊？」潘玉珊瞪大了眼睛，「太奇怪了！」

這房間布置得很雅緻。牆上只掛了一幅水仙畫，花開滿盆，彷彿能聞到花香。畫的兩旁擺了花瓶，色彩很柔和，淡淡的藍，淡淡的紅，淡淡的綠。家具的線條很簡單，沒有過多的裝飾。

方桌上有茶具，白玉茶杯的杯口很大，像是比較瘦的碗。

易定師傅正在泡茶。茶水注入溫潤的瓷杯中，白煙縷縷，空氣裡充滿茶香，淡淡的。

畢伯斯猜，這應該是一間觀光工廠，讓遊客ＤＩＹ，兼喝茶買產品。

「五大官窯有汝窯雨過天青，哥窯冰裂紋……」阿呱翻著他的筆記本，一張一張給大家看，「定窯，當以白玉似的瓷器為特色，是也不是？」

易定師傅笑了笑，拿出一個瓶子放在桌子上。瓶子也是白色的，像玉一樣。修長的瓶子，中間肚子很大，壺口卻縮成拇指寬。這如果不是裝酒的，就是插花的。

不過，這麼小的瓶口，頂多只插得下一枝花。瓶子上以雕刻刀俐落的刻了兩行字：

碧雲天，黃葉地，秋色連波，波上寒煙翠。
山映斜陽天接水，芳草無情，更在斜陽外。
黯鄉魂，追旅思，夜夜除非，好夢留人睡。
明月樓高休獨倚，酒入愁腸，化作相思淚。

「哎呀，寫得真好。」畢伯斯說。

「那當然，」易定得意的說，「想當年，為了練這門瓶上刻字的功夫，我足足練了三年六個月。不知道刻壞多少個瓶子，挨了師傅多少下板子，這才練出手不抖、氣不喘，一筆到位的刻字功夫。」

畢伯斯搔搔頭，「哦呃，其實……我是說……這首詩寫得真好。」

易定搖搖手說：「小兄弟，這不是唐朝人寫的詩，這是宋詞，它跟詩那種規規矩矩的句子不太一樣。」

「所以，我們來到宋代？」畢伯斯和潘玉珊互看了一眼。

易定又笑了。「當然是宋代，所以才叫宋詞啊。」

潘玉珊仔細比對了一下。「你這詩忽長忽短……」

「是詞。」易定糾正她。

「對，是詞。有的長，有的短。」

易定說：「所以有人叫它長短句，也有人叫它詩餘，寫詞不簡單，要跟著旋律填詞。」易定解釋，「宋詞可以拿來唱歌。」

「哇，原來宋詞就像是歌詞嘛，我們機車老師就會唱。」潘玉珊說到這兒，故意看看阿呱。她懷疑阿呱是機車老師，不過，阿呱動也沒動。

畢伯斯把那詞再唸了兩遍，忍不住讚嘆：「您這詞寫得真好。」

易定哈哈大笑：「不不不，這是范大人寫的詞。論打仗，范大人第一名；論寫詞，還是范大人第一名。當今世道，范大人是一等一的好官，他所做所為都以百姓優先。朝廷裡的小人，天天罵范大人，時時造他的謠，說他的壞話，我們老百姓看了心裡不平啊。」

易定說到這兒，嘆了一口氣。

阿呱問：「易師傅的意思是……」

「你見多識廣，看起來古道熱腸。兄弟呀，我要請你幫個忙，幫我把瓶子送給范仲淹范大人。皇上不了解他，我們百姓難道不能給他打打氣嗎？」

「這個忙，該幫！」阿呱說，「我也很欣賞范大人，大家都說他是大宋第一清官。有這麼好的機會借花獻佛，還等什麼呢？」

潘玉珊急忙舉手說：「阿呱，我們跟你去！」

阿呱笑著說：「人愈多愈有意思啦，只是你們沒跟父母稟報一聲——」

潘玉珊脫口而出：「這是可能小學的課程，沒問題。」

阿呱疑惑的問：「可能小學？那是什麼地方？我怎麼從沒聽過？」他拿出紙筆準備抄寫。

「對了，你有地圖嗎？」畢伯斯急忙轉移話題。

阿呱放下筆，指指腳上說：「路是靠著腳走出來的，何必要地圖呢？」

「沒有地圖怎麼回家？」畢伯斯說。

「家？誰會忘了自己的家呀。」阿呱笑著搖搖頭，帶頭走了出去。

門外，當然不是可能小學的地下停車場。天空萬里無雲，空氣裡有著煤炭的味道。眼前不是柏油路，而是一條泥土路。路上有牛車和馬車。一整片的窯廠分布在路兩旁，無數煙囪冒著白煙。

他們進入地圖室前，可能小學還是黑夜，正在舉辦演唱會。穿過一個陶藝工廠，竟然成了白天。

潘玉珊看看畢伯斯，畢伯斯也正望著她，兩個人同時一笑。

「宋朝，我們來了！」

中國的驕傲：宋瓷之美

中國瓷器美，宋瓷更美。

宋瓷的美，美在青瓷。汝窯是宋朝專門生產瓷器的五大著名窯廠之一。汝窯生產色澤溫潤的天青色出了名，這種青色有如雨後的晴空，能隨光影變化。據說這種顏色是宋徽宗在夢中所見，他醒來後立即命人仿造。雨過天青色究竟怎麼燒製出來呢？直到今天，還是無人能解。

想欣賞這麼美的瓷器嗎？壞消息是全世界剩不到七十件；好消息則是臺北國立故宮博物院藏有二十一件，是全世界收藏汝窯作品最多的博物院。

宋朝的白瓷也很美，燒白瓷第一名的是定窯。定窯的釉色在白裡帶一點微黃，色調溫暖，被稱為「牙白」。定窯很重視造型；白色的釉配上優美的線條，呈現一種清純、簡單的美，那是定窯的特色之一。

冰裂紋是宋朝哥窯的特色。冰裂紋原來是一種燒窯時的意外。瓷器拿出來後，因為冷熱收縮不一，使得瓷器上產生了裂紋，稱之為「開片」。而哥窯的工匠卻能把瓷器上的缺陷轉化成一種美，最後形成自己的特色。

宋朝瓷器美，外銷到世界各國，歷朝歷代都有很多工匠想超越宋瓷；然而直到今天，人們談起瓷器，還是不由自主會想起這個獨領瓷器風華的朝代。

北宋汝窯蓮花溫碗，是溫酒的用具。

4 十兩聞香費

外頭時間好像是春天。河邊開滿野花，天氣很暖和，風吹起來很涼。路邊的屋子漸漸多了。阿呱說，只要穿過柳樹林，汴京就到了。

這片林子很稀疏，跟著大河彎彎曲曲向前走。幾艘船在河上漂著，船上的船夫發出整齊的吆喝聲。

「我好像來過這裡。」畢伯斯說。

「你作夢啊，你怎麼可能來過宋朝？」潘玉珊笑他。

「真的，等我們過了這些林子，應該有一座大橋。」

潘玉珊不相信，正想嘲笑他，沒想到走出林子，果然是一座彩虹般的大拱橋，橋面寬闊，向上彎曲，橫跨大河。

彩虹橋前面是個大廣場，四周商鋪一間又一間，算命館、飯鋪和酒樓相互比鄰。

橋上全是行人，有打扮花俏的姑娘、擔著貨箱的小販、趕驢的老人和放風箏的少年。也有人就在橋上做起生意，吆喝聲此起彼落；橋下碼頭停滿了船，大船小船齊聚。有人在卸貨，有人在收帆，橋上橋下一樣熱鬧。

畢伯斯很得意。「如果我沒猜錯，過了這座橋，就到了城門口，城裡頭更熱鬧。」

阿呱跟在後頭說：「小兄弟，你說對了，汴京城裡真的熱鬧非凡，看上十天十夜，也不會倦的。」

他們好奇的跟著人流往城裡頭走。城門後果然是一條大街。大街至少有三十公尺寬，一邊是茶樓、酒樓和客棧，另一邊是肉鋪、香料店和飾品店等。商店裡擺滿了絲綢布料、奇珍異寶、剛出爐的大餅，還有姑娘們喜歡的胭脂水粉，樣樣俱全。

潘玉珊大叫：「畢伯斯，你來過，你真的來過！」

畢伯斯有點遲疑：「可是，我真的是第一次來。」

潘玉珊猜：「難道古人的城都蓋得一模一樣，有相同的拱橋和一樣的茶館和店鋪嗎？不對呀，我們上回去戰國和東漢的城都跟這裡不同；這裡繁華又熱鬧……」

「不，」阿呱說：「汴京身為京城才會如此繁華。想看各種雜耍跟戲曲，要等到清明，來上河玩的人才多。」

「清明？上河？」畢伯斯大叫的聲音，嚇得路旁一頭驢子跳了起來，趕驢的大叔氣呼呼的瞪了畢伯斯一眼。

「不好意思、不好意思。」畢伯斯急忙跟他道歉，回頭說：「我今年暑假在故宮博物院當了一個月的志工，負責解說清明上河圖。這座橋和城門口，我足足看了一個月，難怪我覺得好像來過。」

「清明上河圖？怪了，如果這圖這麼有名，我怎麼沒聽過？」阿呱一邊問，一邊又拿出筆來準備作筆記。

潘玉珊解釋：「那是一張很長很長的圖，是北宋時期一個叫做張擇端的人畫的。故宮博物院還有一張動畫版的清明上河圖，裡頭的人都會動。牛會拉車，駱駝會眨眼。但是比來比去，還是比不上走進這張圖有趣，哈哈。」她說到這兒，咯咯咯的笑了起來。

阿呱很有興趣，「圖畫會自己動？這真是太奇怪了，好姑娘，你慢慢說清楚，我得把它仔仔細細的記下來，收進我的書裡。」

潘玉珊可沒空跟他解釋數位影像的原理，因為她看到畢伯斯已經在大街上跑來跑去，兩手張開，把自己當成了小飛俠。

他經過一隊牛車；

跳過賣水果的阿婆；

鑽過一匹馬的肚子。

「我在清明上河圖裡跑，帥不帥？」

「你小心一點。」潘玉珊提醒他。

「安啦，道路這麼寬，我……」他還沒說完，砰的一聲，不知道撞到了什麼，跌了個四腳朝天。

畢伯斯爬起來，揉揉頭想罵人。一頭龐然大物正低頭研究他——那是一頭駱駝。

他往後一看，幾十頭駱駝排排站，背上都馱著貨物，而那貨物……

「好香啊。」

畢伯斯忍不住吸了一口氣，這味道，比廟裡拜拜的香還要好聞。

他再深吸了一口氣。「真香。」

半空中突然伸來一隻手，抓住他的領口，把他整個人往上提起來。

一個穿著皮襖的高大漢子瞪著他，嘰哩呱啦說個不停。那不知道是哪一國的話，畢伯斯聽不懂。「怎麼了？你為什麼這麼生氣？」

嘰哩呱啦，嘰哩呱啦。

旁邊一個矮矮的的老頭即席翻譯：「耶律王爺說你不該衝撞他的駱駝，」他指指駱駝背上的貨物，「更不該偷吸香料的氣味。」

原來，這是遼國的商

隊。而那個很香很香的東西叫做香料。

「什麼叫偷吸，我們是光明正大的吸。」潘玉珊不服氣。

她故意狠狠吸了兩大口，扠著腰，得意洋洋的望著老頭。

大漢氣得大吼大叫。

老頭邊聽邊搖頭說：「我的小祖宗啊，你們睜開眼睛看清楚，這位貴客，可是遼國的耶律王爺。王爺說他是大人有大量，你們只要付十兩吸香費，他就原諒你們，不把你們告到官府了。」

「什麼？」潘玉珊大叫。

「十兩？我沒錢。」畢伯斯看看阿呱，阿呱搖搖頭，他也沒錢。

嘰哩呱啦，嘰哩呱啦，耶律王爺竟然拉著潘玉珊的手，又是一串嘰哩呱啦。

老頭搓著手笑道：「沒錢也沒關係，我們耶律王爺是個寬宏大量、熱心助人的王爺。他說看在遼宋兩國建交已經這麼久，彼此是兄弟之邦，你們既然付不出十兩香費，那王爺就把這位小姑娘帶回遼國去，不跟你們計較了。」

「我？」潘玉珊想掙脫耶律王爺，他的手卻像鐵箍一樣，掙不開。耶律王爺發出一陣狂笑，嘰哩呱啦啦啦的說個不停。

老頭喜孜孜的說：「哎呀，恭喜小姑娘，賀喜小姑娘。耶律王爺不嫌棄你出身低微，要讓你去遼國當他的第三十九位愛妾，快點向王爺叩頭謝恩哪。」

「這是什麼年代呀，你眼中還有沒有王法？光天化日之下，想把我搶回家？」潘玉珊突然想到這一句。

「這是宋代向遼國求和的年代；耶律王爺看上你，你還不知足？」老頭斜瞄她一眼，「多少人燒香拜佛都求不來的事，你別不知好歹。」

他們在爭論的時候，四周來了好多人，把他們圍成好大一圈。有的人勸潘玉珊別嫌富愛貧，跟著耶律王爺回遼國才是正經事。更多的人卻是罵那個老頭巴結遼國人，做了遼國人的走狗。

一個年輕人提議：「也不過十兩銀子而已，咱們一人捐一點，別把好好一位姑娘送去遼國。」

「對對對，每年送遼國的金銀財寶那麼多，別又賠了一位好姑娘。」

人們紛紛掏出銀兩，想要幫助潘玉珊。

這時，外面擠進來一個留著小鬍子的中年人。「十兩銀子嗎？我這兒有，我捐！」

紙上博物館：清明上河圖

《清明上河圖》的創作者是北宋著名畫家張擇端。這幅畫高度不到二十五公分，長度卻有五百二十八公分，很詳細的把北宋首都汴京的繁榮都市景象記錄下來。

汴京就是開封府。這幅五公尺多的長畫描繪的風景，先從鄉村開始，一路跟著汴河前進，經過熱鬧的虹橋，來到了城門，進入汴京大街後，最後在皇家的金明池終止。

整個清明上河圖的情境由鄉村的安靜，進入都市的繁華熱鬧，最後又結束在金明池的寂靜裡。內容有民間，有皇室；街上的店鋪至少五十多種，牛羊駱駝等兩百頭，建築物三百棟以上，人物更超過三

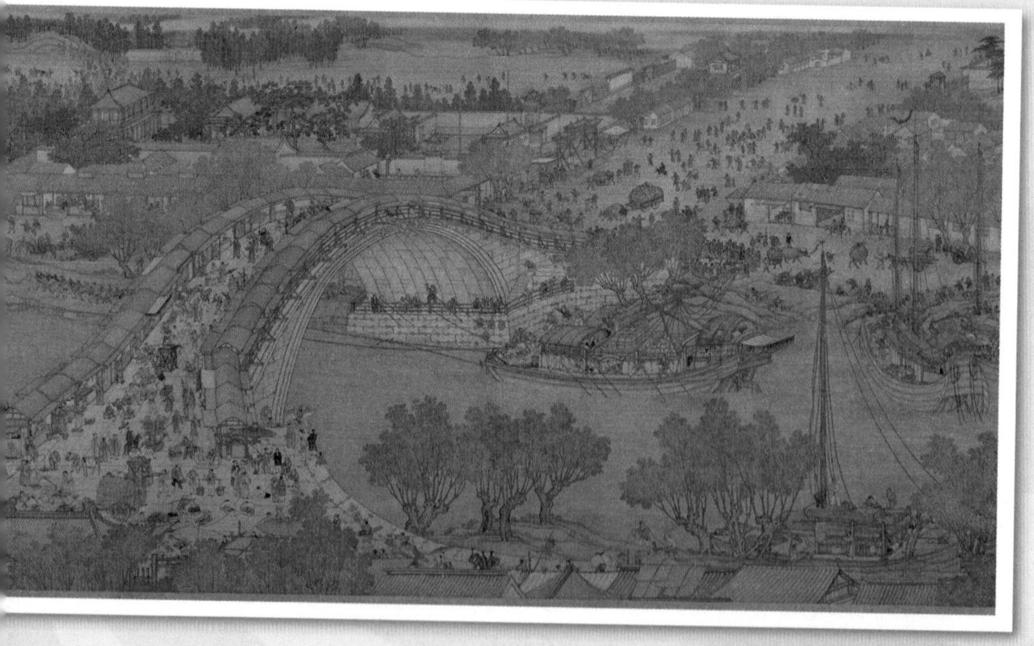

千個。說它是一部活生生的北宋紙上博物館，一點兒也不為過。

張擇端把圖畫好了，將它獻給當時的皇帝徽宗。徽宗也是歷史上的書畫大家，他用自己著名的「瘦金體」書法，在圖上題了「清明上河圖」。從此，這幅畫就成了一幅傳奇。

這幅畫問世八百多年，曾被無數收藏家欣賞把玩過。因為它太有名了，大家都想要收藏，以至於它曾經五次被收入皇宮，又四次被盜出皇宮，歷經劫難。

也因為它太有名了，歷代都有很多畫師摹仿它。張擇端的原畫，目前保存在北京的故宮。臺北的國立故宮博物院收藏七件它的仿作，小朋友有機會去故宮，可要好好看看這座紙上博物館喔。

清明上河圖，圖片只是原畫的其中一小部分。畫中的橋上是個熱鬧的市集，正要經過橋拱的船可是被岸上的人用繩子拉著走的呢！

5 開封府小包

中年人的臉特別黑，額頭上一塊淺黃色的胎記好明顯。

那人拿起一個袋子，裡頭噹噹作響。「王爺想用十兩銀子買這個小姑娘，那可不行。十兩銀子，我這兒有。」

沒想到，耶律王爺大喝一聲：「剛剛十兩，這麼久經過，又多聞了香味你們，二十兩了現在。」

「你明明會說我們的話嘛——雖然說得很奇怪，」潘玉珊很生氣，「剛才卻故意嘰哩呱啦。」

「可見你這個王爺不老實！」中年人輕輕搖了搖頭。

耶律王爺說：「錢你給不起，小姑娘就帶走我。」

潘玉珊學他講話的方式說：「不會說話少說你，不想帶走你小姑娘。」

「唉呀，原來遼國王爺也會趁機敲竹槓？」中年人笑著從身上再掏出一錠銀子，「二十兩，我也有。」

他把銀子慎重的放進一個袋子裡，搖了一搖，銀子噹噹作響。「王爺，聽到了嗎，不多不少足足二十兩！」

耶律王爺伸出手。「聽到了，拿來吧！」

中年人卻把錢袋收進衣服裡說：「你既然聽過錢的聲音，那就付清了。」

「嗄？」耶律王爺兩手空空的在他眼前晃著，「沒有錢，沒有錢，手裡沒有錢。」

錢的聲音很美妙吧～
多聽幾下包準你心情
好上雲霄～

「這位小兄弟也沒拿到你的香料啊。他聞了香料的味道，我替他還銀子的聲音，這下子銀貨兩訖，兩不相欠！」

中年人說完，四周響起一片掌聲。

「沒錯，沒錯，聞了香氣，還了錢聲。」

「快回你們遼國去吧。」

一時之間，整條大街上的人全這麼笑罵著。

耶律王爺想發火，看到這麼多人又不敢，一肚子火沒地方發，拿起鞭子就打那個翻譯的老頭。只是他一生氣，又是一陣嘰哩呱啦。街上的人笑得更開心了。

老頭可不敢再說什麼，他彎著腰，揉著背，嘴裡吆喝，那列駱駝終於浩浩蕩蕩的走了。

看他們走遠了，潘玉珊朝著那個中年人說：「謝謝你，要是沒有你，我就真的要去遼國當人家的小妾了。」

畢伯斯笑她：「那樣也不錯，你這麼凶，嫁到遼國，我看還是那個王爺倒楣，說不定沒幾天又把你送回來。」

「你討打呀。」

潘玉珊氣得給他一拳，圍觀的人都笑了。

阿呱卻對著中年人拱拱手。「在下沈括，不知道這位大伯怎麼稱呼？」

「什麼大伯？」滿街的人異口同聲的說：「他是汴京城黑臉包大人，好打不平的包大人。」

包大人笑著說：「沒錯，天下不平的事太多了，我得管一管！」

旁邊幾個大嬸說：「包大人做言官，是一流的好官，不怕權不怕勢。」

另一個大娘搶著說：「上回有個大貪官，魚肉鄉民，百姓苦不堪言，大家想要告他，但是貪官的後臺太硬，連皇上都護著他。」

「那怎麼辦呢？」潘玉珊問。

大娘露出可愛的笑容，「包大人連寫七張奏章，這才把他告倒了。」

「打抱不平，為民除害。」四周的人們大聲的說。

阿呱聽了佩服極了，他朝包大人拱拱手說：「這麼好的官員，一定要請您喝杯茶再走。」

「喝茶呀？我不能接受你的請客，但是交朋友，喝茶也是應該的，只是，茶錢我自己付。」

「那我們也要去。」潘玉珊和畢伯斯說。

「我們統統都要去。」街邊的人們全都擠過來，「我們自己付茶資。」

想喝茶的人太多，茶館一樓馬上坐滿了。

包大人帶著阿呱等人上了二樓，這才找到座位。

茶館人聲鼎沸，但是包大人一開口，大家全安靜了。原來，大家喝茶是藉口，來聽包大人講話是才真的。

「你們太客氣了，」包大人說，「我是朝廷官員，路見不平，拔刀相助，是本分之事。」

阿呱臉色一正。「我也是受人之託，要送瓶子給范大人，還帶上這個小兄弟和小姑娘。如果他們被遼國人帶走，我還真不知道該怎麼跟他們的師傅交代呢。」

包大人嘆了口氣。「自從簽了澶淵盟約，朝廷每一年都要給遼國十萬兩白銀、二十萬匹絹。這些年來，遼國人每回到汴京，總是耀武揚威的。要金銀要絲綢，現在連民女都要搶了。再不給他們一點顏色看看，宋朝人都要被他們踩在腳底下了。」

「給他們一點顏色看看哪。」茶樓裡的人吼著。

「讓他們知道，大宋人不好惹。」

「唉，朝廷也是沒法子。要不是有這條和約，說不定得年年打仗呢。」

阿呱說，「憑咱們大宋的軍隊……」

阿呱說到這兒，竟然滿茶樓的人都把頭低了下去，同時嘆了口氣說：

「打不贏呀。」

畢伯斯想問為什麼打不贏時，店小二卻扯了個人進來。

那是個獨臂人，只剩下左手，一臉不服氣的樣子。

小二進來拱拱手問：「各位貴客，請問有沒有掉東西？」

「沒有。」包大人說。

潘玉珊和畢伯斯摸摸身上。「我們也沒有。」

店小二卻拿出一個背筐問：「這是你們的嗎？」

啊，那個竹製的背筐看起來好眼熟。

畢伯斯急忙看看椅子。他的背筐本來放在椅子上，現在不見了。

「是他偷的。」小二說。

「各位大爺，我少了一隻手，怎麼可能偷東西呢？」獨臂人喊冤枉。

對呀，少了一隻手，不可能偷東西。

四周的人點點頭。

「莫冤枉了好人。」

「說不定是看走眼。」

人家俗稱扒手
為「三隻手」，
我只有一隻手，
怎麼能偷東西呢？

店小二急了。「真的是他，是這個賊偷的，他一進來我就盯著他了。」

獨臂人苦著一張臉說：「你莫冤枉人，我身體殘缺，如何做得了賊？」

他可憐兮兮的樣子，讓圍觀的人起了側隱之心，跟著勸小二，會不會是看錯人了。

包大人也很同情的說：「小二哥不要多疑，人家明明少了一隻手，如何竊取背筐呢？」他回頭安慰獨臂人，「好兄弟，別急，這件竊案絕對不是你做的。小二哥，快把人放了吧，我保證這真正的賊跑不掉。」

店小二無可奈何，只好放開獨臂人。「既然有包大人做保證，小子，今天算你走運，下回再來這裡當賊，別怪我把你扭去衙門。」

包大人拍拍獨臂人說：「你受驚了，這下沒事了，快走吧！」

「是是是，這家茶樓我再也不來了。」

獨臂人剛轉身，還沒踏出門口，包大人突然叫了一聲：「唉呀，忘了請你喝杯茶，壓壓驚。」

那獨臂人愣了一下，這才走回來說：「您請的茶，那是要喝一杯的。」

包大人看他用僅剩的一隻手拿茶杯，好奇的問：「你少了一隻手，行動不便。平時要怎麼拿物品呢？」

對呀，一般人拿東西是要用兩手，只有一隻手的話……

那人放下茶杯說：「沒事的，我這手生來就殘了，習慣了。就算是這桌子，我一隻手也能扛。」

包大人指著桌上說：「那如果是這個背筐……」

「簡單！」獨臂人把頭從背筐這邊鑽進去，把它像個小背包似的掛在另一邊肩上。

包大人笑著說：「看你這麼容易就拿起來，背筐不是你偷的，還會是誰呢？」

「我……」獨臂人臉色發白。

「你上當了。」樓上的人同聲大叫。

「絕對是你呀。」包大人把背筐拿下來交給畢伯斯。「看看裡頭東西有沒有少了？」

旁邊的小二敬佩的說：「人家都說開封府包拯聰明得就像唐朝狄仁傑，果然沒錯。」

畢伯斯嚇了一跳，背筐差點從手上掉下去。「開封府的包拯？」

「你是開封府的包青天？」潘玉珊跟著大叫。

茶樓上上下下的人們都站起來喊：「包大人如果有朝一日當上開封府府尹，一定能把開封府治理得井井有條。」

你就是包青天？你在我們家很受歡迎，我的爺爺奶奶都是你的粉絲呢！

花錢的約定：澶淵盟約

宋真宗時代，遼國二十萬大軍南侵。軍情傳到汴京，朝廷一片驚慌。

朝廷為什麼會驚慌呢？因為宋朝是歷史上有名的重文輕武的朝代。這個朝代的文學、藝術和科學鼎盛，但打仗卻是勝少敗多；現在遼國大舉來侵，怎麼打得過人家呢？

大多數的臣子都勸皇帝快跑，只有宰相寇準堅持抗戰到底，還說服宋真宗御駕親征。宋真宗聽從他的建議，帶著大軍前往澶州。守城將士看見皇帝來到前線，一時士氣大振，連呼「萬歲萬歲萬萬歲」，聲音響徹雲霄，接連打了幾場小勝仗。

仗打完了，宋朝和遼國還在城裡城外僵持了好多天；宋朝趕不走遼國，遼國打不進宋朝，最後雙方就在澶州城下簽了一紙和平的約定。

在這盟約裡，遼聖宗從此要稱呼宋真宗為哥哥，身為哥哥的宋真宗也要每年給弟弟二十萬匹綢緞及十萬兩銀子。

這盟約聽起來是中國贏了面子，輸了裡子，其實對宋朝來說是個很不錯的和約；他們每一年給遼國的錢，只占國家百分之一的稅收。在古代，打一場仗是很花錢的，例如他們和西夏打仗，就花了幾千萬，是不是很可怕？

這個盟約，讓遼宋兩國維持一百多年的和平；如果不是有這和約，北宋說不定早就亡國了。

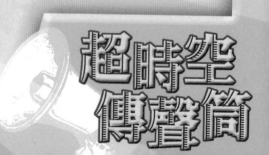

開封有個包青天

北宋時，有個清廉的好官，老百姓們崇拜他，稱他為「包青天」。後人還因此杜撰一本小說《包公案》，替他加了幾個助手，例如張龍、趙虎、王朝、馬漢和公孫先生。小說裡的包青天神通廣大，皇上賜他龍頭鍘，可以鍘掉皇親國戚；甚至說他日斷陽、夜斷陰，意思是白天為百姓主持正義，晚上連陰間他都能來去自如呢。

真實的包青天，為官三十多年，被他檢舉彈劾的國家大臣，算算至少三十人。為了一個案件，他可以連上好多道奏章，據理力爭，不畏權勢，非打到那些高官下臺不可。

這位開封府裡的包青天，名叫包拯，字希仁。他是天聖年間的進士；本來可以直接任官，但因為父母年紀大了，他先放棄當官的機會，回鄉奉養父母，數年後才回來任官。

包拯曾經擔任一年多的開封府尹，類似現在的首都市長。治理開封府是一件難事；京城裡的達官貴人多，他們魚肉百姓，百姓們卻有苦無處訴。包拯擔任開封府尹時規定，凡是來告狀的人都可以直接見他，當面陳情，不准任何人刁難，誰來說情都沒用。在這一年多任期內，他把最難治理的開封府，治理得井井有條。

包拯雖然官位很高，但吃飯穿衣和日常生活都跟平民時一樣。他曾說：「後世子孫做官，有犯貪汙之罪的，不得踏進家門，死後不得葬入族墓。不遵從我的志向，就不是我的子孫。」

這樣清廉的好官，難怪大家都要叫他包青天了。

6 有機會，做好官

「開封府包青天！」潘玉珊拉著他大叫：「我知道，你在開封府裡判案。」

畢伯斯讀過《包公案》，他說：「你有公孫先生和南俠展昭幫你辦案，你還斬過駙馬陳世美，對不對？」

「辦案？我是個諫官，工作是辦案和彈劾官員沒錯，但是我可沒有什麼公孫、什麼展昭在身邊。」包拯有點兒困惑。

一旁的人們說：「包大人，不管您在哪個職位，我們都相信您，您一定是個青天大老爺。」

畢伯斯和潘玉珊開心的說：「那就是名副其實的『包青天』啦。」

包拯被他們說得臉都紅了，幸好他臉黑，看不太出來。他只好假裝欣賞那個梅瓶，忍不住讚了一句：「好俊的瓶子。」

阿呱比手畫腳的解釋，這是定窯的瓶，瓶上題的字是范大人的詞。

包拯輕輕吟唱了幾句：「明月樓高休獨倚，酒入愁腸，化作相思淚。我知道這首詞，范大人一寫好，就轟動京城了。」

「好文章，對不對？」阿呱問。

「所以我隨身帶著，有空就拿出來讀一讀，吟唱一下。」

「原來這首詞可以唱？」潘玉珊很好奇。

「按曲填詞，詞本來就能唱。」包大人說。

阿呱伸出修長的手指頭搖一搖。「包大人，我佩服您當官的判斷力；但是，隨身帶著范大人的詞？我可不信。」

「為什麼不帶呢？好詩好詞，人人都能隨身帶著讀。不信，你問問大家。」

他滿懷希望的看看大家，茶樓裡的人卻同時搖頭：「我們沒有。」

一個年輕人還說：「我不識字。」

一個老爺爺說：「我沒有上過學。」

阿呱笑嘻嘻。「看吧，誰沒事整日帶著他的詞？」

「我就有。」包拯堅持，「隨身攜帶，取閱方便。」

畢伯斯一路聽到大家都在稱讚范大人，詳細情形卻不是很明瞭，他舉手發問：「這個范大人到底哪裡好？」

剛才的年輕人說：「咱們京城的百姓都知道，小范老子的胸中有數萬甲兵，能把西夏軍趕跑。」

「小范老子？」潘玉珊不明白。

「就是范大人。」大家說。

老爺爺說：「只要有小范老子在，西夏軍不敢進犯大宋。」

茶樓裡的人放聲齊唱：「沒錯沒錯。軍中有一韓，西賊聞之心膽寒；軍中有一范，西賊聞之驚破膽。」

包拯點點頭。「韓是韓琦大人，范是范仲淹大人。范大人雖是文官，卻深諳帶兵打仗之要。他保守邊疆時，西夏人就不敢踏進我們國境一步。大宋只要再多幾個范大人，連遼國也不敢小看我們了。」

另一個老爺爺也說：「范大人推新政，推改革，為的就是富國強兵。雖然皇上一時不明白，暫時撤了他的官，但是我們都相信他是實實在在的為國為民。」

阿呱拱拱手說：「沒錯。范大人的名聲響亮，連定窯的易定師傅都知道他，特別託我們送這個瓶子給他，希望他莫喪了志氣。」

撲通一聲，有人跪在地上。

是那個獨臂人。

「各位，我該死，有眼無珠，竟敢偷范大人的瓶子。你們把我送去官府吧！」

包拯扶起他。「送官府倒不必，只是你從今以後，要做個好人。別說當小賊，往後連個謊都不能說。」

「知道、知道，我再也不敢了。」獨臂人低著頭，滿臉慚愧的下樓去。

阿呱問包拯：「您身上有范大人的詞，能不能借我抄進書裡呢？」

「金銀財寶我沒有，范大人的詞恰好有幾首。」包拯從懷裡掏出幾張薄薄的紙，上頭寫了許多字。

潘玉珊湊過去看，果然是宋詞——第一首開頭寫著三個字：蘇幕遮。

包拯隨口吟唱了起來：「碧雲天，黃葉地。秋色連波，波上寒煙翠。大家都說范大人一身正氣，充滿在天地間；沒想到他抒情起來，能把詞寫得如此絕妙，實在佩服。」

「好熟悉的詞啊……」畢伯斯說。

潘玉珊伸指在他額頭上一點：「什麼熟悉，這首詞就刻在梅瓶上，你背了那麼久，還不熟？」她回頭跟包拯說：「包大人，不用羨慕啦，你以後會當上開封府尹，成為有名的包青天，也讓我們很佩服。」

「電視劇裡有演，以後還會有王朝和馬漢陪你。」畢伯斯記得。

「電視劇？」包拯聽得一頭霧水，搔搔頭，不知道他們兩個在打什麼啞謎。

阿呱立刻從袋子裡掏出紙筆，「包大人，范大人的詞借我抄！」

那個不識字的年輕人說：「阿呱，也抄一份給我們吧。」

阿呱笑他：「你又不識字，拿這些詞做什麼？」

「不識字，咱們也可以長知識啊。我請人讀給我聽。」

其他人說：「范大人的詞，可以做傳家寶的。」

更多的人喊：「好詩詞，值得人人收藏。」

阿呱數了數，竟然有二十六個人想要這些詞。他拍拍胸膛說：「好東西要跟眾好友分享。我們雖是萍水相逢，卻因范大人的詞結緣。這樣吧，我手邊還有十來首范大人的詞，我就一併抄給大家。」

「太好了。」

「謝謝你呀，小兄弟。」

阿呱向大家拱拱手說：「我現在開始抄，一個時辰可以抄一份，兩天多就能抄完。」

包拯很有義氣的說：「我陪你一起熬夜抄，抄完咱們再來喝茶。」潘玉珊在旁邊聽了直搖頭。「包大人，你未來可是開封府的包青天，要為民伸冤，你哪有時間抄書？把它送去印刷廠印，刷刷刷刷，一天可以印個幾千份。」

「一天印幾千份？」茶樓裡的人大叫，「那太好了，我們每個人都來一份吧。」

「不，我要十份，一份自己留，九份送鄰里親友。」

「別吵！」有人大喝一聲，是店小二。

店小二說：「既然你們都想要，那我也要，我要一萬份。」

「一萬份？」阿呱伸手摸摸他的額頭，「那是詩詞，不是銀兩。」

「我知道，」店小二很有志氣，「我自己留一份，剩下全都拿去賣。一份賣一兩就是九千九百九十九兩。哈哈，我的財富誰能比得過？」

阿呱拍拍額頭說：「這是什麼社會呀？」

眾人一陣哄堂大笑：「黑暗的社會呀。」

但是，在眾人狂笑中，有個人沒笑。那是潘玉珊，她突然覺得這幾句臺詞好熟，機車老師就常常這麼說呀……

為什麼我覺得阿呱跟機車老師有點像？難道是我的錯覺？

范仲淹改革：慶歷新政

北宋是個重文輕武的朝代。文人的待遇高，還有恩蔭制度可以讓子孫進入官場；而國家每年還在錄取更多的官員，結果就是冗員太多，國家財政負擔重。另一方面，因為讀書出路好，年輕人都想去讀書；打仗的能手少，西北邊境遼國和西夏連年入侵，國家為了維持和平，每年還要給他們許多的銀兩和貨物。

這情形到了宋仁宗時期，國家經濟衰敗，貪官汙吏橫行，百姓苦不堪言。宋仁宗也想改革，當時范仲淹在的民間聲望很高，他在對西夏的戰爭剛立了功，仁宗就把改革的重責大任交給范仲淹。因為這是慶歷年間的事，所以又名「慶歷新政」。

范仲淹也很想做一番事業，他和幾個同事商量，針對國家的病症，寫出《答手詔條陳十事》等十項改革的目標，主要是在裁減多餘的官員、減少不必要的開銷、增加農業生產、訓練對外作戰的士兵等等。

慶歷新政一開始推行得風風火火，不必要的官員就請他們回家；不該給的銀兩就不發。老百姓都額手稱慶，認為國家要富強了。

但是，被改革的人（那些被辭退的官員）心生不滿，有一大批官員寫報告，用各式各樣的理由去反對這個慶歷新政；他們寫了很多的信給皇上，陷害范仲淹，說他拉幫結派，自己搞小圈圈。

投訴的人很多，反對改革的力量很大，這個本來立意良善的好政策，最後卻得不到皇上的支持；慶歷新政實施一年多就匆匆退場，而主持這場改革的范仲淹和韓琦也因此被貶到地方當官。

超時空傳聲筒

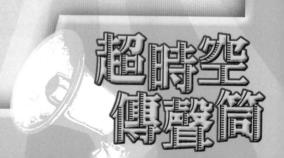

7 李黑、字不黑

「找家印書鋪子吧，要印多少有多少。」阿呱提議。

「印書鋪子在書市一條街。」

包拯對汴京很熟。他帶著他們三個人走過大街，穿過小巷，幾家小鋪飄著香氣，是賣酒食的；路過一個市集，裡頭有賣菜的、賣雜貨的、賣胭脂水粉的，貨品擺得琳琅滿目。

潘玉珊是個好奇的孩子，她和阿呱邊走邊看，邊看邊問，要不是畢伯斯時時注意他們，這兩人包準會在宋朝的巷弄裡迷了路。

然而，鑽過幾片剛染好的棉布，再走過一條小巷，遠遠的，傳來一股熟悉的味道。

那是紙張的氣味——新鮮的紙漿混合著上好紙特有的香味。

還有一種很濃很特殊的味道……

「是墨。」阿呱聞了聞說：「頂級的松煙墨，現今也有人用石油墨。用棕刷沾點松煙墨刷在刻好的木板上，往紙上一印就是一頁很香的書。」

畢伯斯忍不住深吸了一口氣。「真讚，這裡就是書市一條街？」

包拯笑著點點頭。畢伯斯歡呼著跑到最前頭。

在他們面前，陽光恰好斜灑在黑色的屋瓦上，那是一間一間的書鋪子。說是鋪子，其實更像一家家的小工廠，屋裡屋外全是工匠。刻書的，把木板刻得嘎嘎響；印書的，拿著棕刷在紙上來回刷刷刷。還有搬書的、抄寫的、買書的……人來人往，好不熱鬧。

阿呱拿著范大人的詞，這裡看看那裡看看，遇到不懂的就蹲下來跟人聊天詢問。潘玉珊平時問題就多，這會兒有這麼多熱鬧可以看，她也很開心，陪在阿呱旁邊跟著發問：「這什麼墨？」

「松煙墨。」大娘頭也不抬。

「什麼板子呢？」

「棗木。再有錢一點呢，用花梨木也行。」大娘刷完了一張紙，拉起來，再放一張紙下去。

「一天工資多少呢？」

大娘終於抬起頭。「小姑娘想搶我飯碗？去去去，去別的地方玩。」

畢伯斯好愛這種字體；宋朝印書的字跟電腦裡的字不一樣，每一筆每一畫都很端正大氣。他著迷似的蹲在一個中年大漢身邊，看他拿著小鑿子在木板上刻出一個又一個的字。

木頭很香，刻書的聲音很好聽。要不是潘玉珊拉著他，他蹲一天都沒問題。

包拯一定常來這裡。他熟門熟路的進了一家書鋪。

鋪子的門小，但裡頭有好幾層的院落，一層連著一層，層層疊疊的屋宇，望不見底似的。潘玉珊抬頭看著高高的布招，四個大字隨風飄蕩：「畢記印書」。

在門口接待的是個姑娘。「唉呀，尊貴公正又嫉惡如仇的包大人，好久不見，來印書啊？」

「畢蘭姑娘，去掉那些什麼『尊貴』吧，」包拯笑著說，「我今天要來印幾首詞。」

「好啊，往後我就稱您包大人，您也叫我畢蘭，咱們就別客套了。」

畢姑娘做生意做習慣了，一講起話來就說個沒完，「畢記印書的刻工好，我爹雕出來的字體，他說自己是第二，汴京城裡沒人敢誇第一。」

包拯點點頭同意的說：「沒錯，就因為畢老闆的字好，我才來找他。這回一定要請你爹親自出馬，不能讓底下的小學徒練刀，上回呀……」

畢蘭急忙解釋：「上回耽誤了您，出了點小差錯，這回我打包票，我爹親自寫，親自刻，刻完用純手工宣紙替您刷，再由京城第一快手師傅為您鑽孔拉線做裝訂，外頭上五層的好漿糊，兩層的杭州絲綢，雨過天青藍的布，最後由我爹題字做封面。包大人，您意下如何？」

「那就交給畢氏處理，我要印一萬零二十六份，什麼時候能交書呢？畢蘭姑娘。」

「畢蘭。」她糾正包拯。

「對對對，畢蘭。」包拯急忙改口。

畢蘭看看文章數一數。「雕這板子兩個月，印書一個月，外加裝訂一個月。現在是三月，您七月來取剛好。」

「印十幾首詞要四個月？」

潘玉珊吐了吐舌頭。

包拯卻像是習慣了似的點點頭，「行行行，我只要二十六份。剩下一萬份麻煩你請夥計送到雲起茶樓給店小二，他要拿去賣的。」

他們這邊還在算帳，外頭卻傳來一陣喧嘩的聲音。

潘玉珊愛湊熱鬧，她搶在畢蘭之前跑到外頭。一看，是個胖書生帶著八個書僮，正圍著畢記印書的老闆說話。

他們說得又急又快，原來是在討論印書的事情。

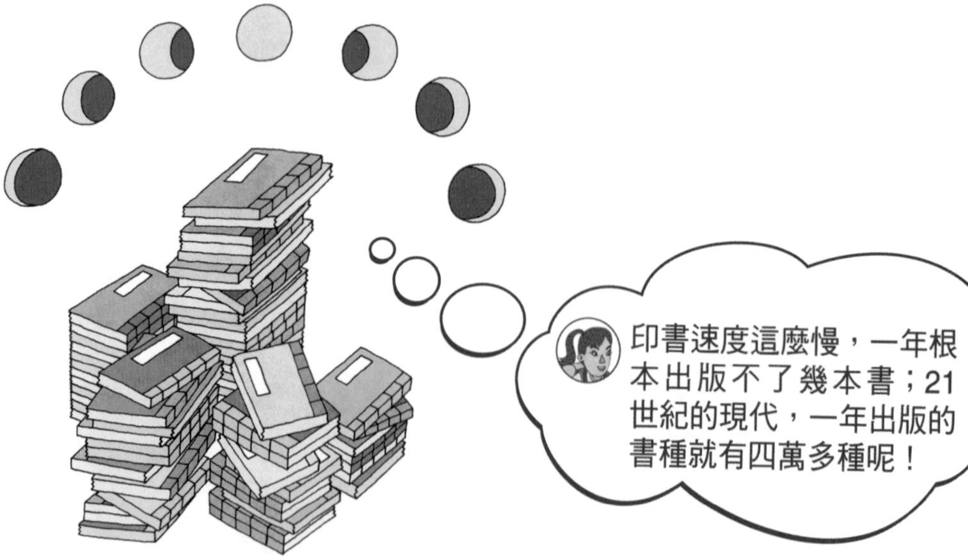
印書速度這麼慢，一年根本出版不了幾本書；21世紀的現代，一年出版的書種就有四萬多種呢！

那書生把摺扇一拍，豪氣的說：「就這麼說定啦——四百首詩詞，印成上下兩本書，外頭再加一個錦繡盒子，這才有分量。」

潘玉珊問他：「你寫了四百首詩詞？」

胖書生搖搖扇子沒回答，八個書僮自動接話：「我們公子的大名，汴京城裡，人人皆知。」

潘玉珊忍不住學起書僮的口氣，問：「人人皆知，姑娘我就不知道。敢問你們公子尊姓大名？」

胖書生搖頭晃腦走兩步說：「唐代有李白……」

八個書僮背著手跟著走兩步，「宋朝有李黑。」

書生退兩步，「李白字太白……」

書僮跟著退兩步，「李黑字不黑……」

潘玉珊笑著問：「所以，你叫李黑？」

胖胖的李黑斜瞄她一眼，扇子「刷」的一聲合起來。「李黑，字不黑，號斑馬居士，汴京城大名鼎鼎，人人皆知。小姑娘，我今天心情好，免費替你在背上簽名。」

他一說，八個書僮立刻動起來：舉硯臺，拿清水，一個磨墨，一個選筆，鋪紙的，扛桌子的，拿筆架的；剩下一個沒事做，只好東張西望。

畢伯斯問那個沒事做的書僮：「你好輕鬆啊，什麼事都不用做嗎？」

那人的嘴巴大，聲音也大，「小兄弟，你說這什麼話呢？八個人裡頭最忙最累的活兒，都是我做的。」

潘玉珊打量了他一下問：「你做了什麼？」

「公子寫字我喝采，公子寫完我吹乾。一個人做兩個人的工作，卻只領一份錢，今天……」他說到這兒，一臉愁苦。

「今天怎麼啦？」

那人看看畢伯斯，又瞅瞅潘玉珊，「今天還要回答你的問題，白白加了半天班，還不知道會不會補貼我工資？」

李黑聽了，伸腿一踢。「嫌累別幹，外頭等著幫我李黑喝采的，排成人龍呢。」

潘玉珊一個箭步跑過去。「李大才子，能唸幾首您的詩詞給我們聽聽嗎？」

李黑彷彿正盼著她這麼問，他笑得直點頭，大嘴書僮立刻從書袋裡抽出一張紙。李黑接過，洋洋得意的唸：

「屋前明月，一片光亮，懷疑誰吃了廚房的白糖。舉頭見到

車輪般的月，低下頭去，想念家鄉的豆乾香腸。」

「好啊，好啊，太好啦。」八個書僮同聲叫讚，大嘴書僮叫得最大聲。

「不好。」潘玉珊很氣憤。「明明是李白的詩，你卻把它拿來亂改。」

李黑肥大的臉搖得像個波浪鼓，「豈有此理，豈有此理，你說李白也寫了這首詩？」

「床前明月光，疑是地上霜，舉頭望明月，低頭思故鄉。每個人都知道，這是李白的《靜夜思》。」

李黑一張臉都變紅了。「胡說八道，我這是宋詞，不是唐朝的詩。諸位評評理，明明是咱們大宋朝的詞……」

阿呱接過那幾張紙，邊看邊搖頭。

「春花秋月何時了，夏天的知了不知有多少——這是你寫的？」

李黑點點頭。

「相見時難別亦難，東邊風吹不了百花全都殘——你把李商隱的詩改成詞？」

「那是我的創意，知道嗎？等我印好了，就是我的了。」

「什麼叫做『你的』？」潘玉珊很生氣。

「等我印好了，封面寫著『李黑』，每一首詞底下也都印著『作者李黑』。呵呵呵呵，宋朝第一大詞人便是我。」

「你這是盜版，侵犯了作者的權利。」潘玉珊更氣了。

一旁的畢老闆問：「李黑公子啊，那您的書名叫做什麼呢？」

李黑「刷」的一聲把扇子打開說：「『汴京才子李黑全集』，夠響亮吧？」

旁邊的包拯拉著他，「太好了、太好了，拿著你的文章，跟我上開封府去吧。」

李黑好得意的問：「你是要請開封府尹欣賞我的作品嗎？」

包拯笑著說：「當然呀，你這文章全是抄來的。底下還落了款，每一首詩詞下面都寫著你的大名，開封府尹一定會把你請進大堂。」他臉色一正，「人贓俱獲，你這賊想賴也賴不掉。」

「我們少爺什麼時候變成賊啦？」八個書僮緊張的問，「他偷了什麼東西？」

包拯把李黑的作品一張一張翻開，「李白、李商隱和李煜……他一共偷了四百首詩詞，白紙黑字，你們全是共犯，跟我走吧。」

宋詞

宋朝代表性的文學是宋詞。宋詞接在唐詩之後出現，於是也有人把它叫做詩餘；又因為它的句子有長有短，所以也被稱做長短句。

宋詞比較接近我們現在唱的流行歌曲，文學家們聽到了一首好聽的旋律（詞牌），就按著音樂節拍填入歌詞（填詞），然後交給人們去唱，這就形成了一首首宋詞。

因為是跟著音樂旋律去填字詞，所以難度就高了。有的旋律豪放壯闊，文人自然就會填寫較為渾雄壯盛的詞句；有的旋律溫柔婉約，填的詞當然就充滿了柔情與委婉。

宋詞的流派，也因此分成豪放與婉約兩大派：

豪放派以蘇軾、辛棄疾為代表，例如辛棄疾的這首《永遇樂》：「千古江山，英雄無覓、孫仲謀處。舞榭歌臺，風流總被、雨打風吹去。斜陽草樹，尋常巷陌，人道寄奴曾住。想當年，金戈鐵馬，氣吞萬里如虎……。」讀起來有沒有覺得人也跟著激昂起來？

婉約派則以周邦彥、李清照為代表，例如李清照的這首《聲聲慢》：「尋尋覓覓，冷冷清清，悽悽慘慘戚戚。乍暖還寒時候，最難將息……。」讀時感覺如何？有沒有讀出李清照淒苦愁緒的感傷？

超時空傳聲筒

8 麻雀搬家

說熱鬧還真熱鬧，書市一條街的人統統出來看熱鬧。

書鋪夥計不印書，刻版師傅不雕版，書店老闆把上門的生意丟著，大家都拉長了脖子，看包拯拉李黑，李黑後頭還跟了八個書僮——這聲勢簡直像遊行。

胖胖的李黑滿臉不在乎，邊走邊嚷：「怕啥？莫怕，咱爹錢多權力大，進了開封府，人人都怕咱們李家。」

八個書僮站兩旁，氣勢洶洶，李黑講一句，他們喊一句：

「怕啥？莫怕！」

「咱爹錢多權力大。」

說得那麼自然，彷彿李黑的爹這一會兒功夫就多了八個兒子。

圍觀的人有的拍手，都說包大人替天行道了不起。

更多的人嘆氣，覺得李黑的父親是京城的大官，誰能鬥得倒呢？

一個見多識廣的秀才說：「你們真外行，包大人頭腦聰明，他敢管的事，絕對管得清清楚楚、明明白白。就怕這個李黑，胖胖的進去，脫層皮出來。」

「脫層皮？」潘玉珊問。

秀才笑著說：「上回駙馬爺蓋新房……」

潘玉珊問：「誰是駙馬爺？」

「就是公主的新郎。」那人說。

「我懂了，那是皇上的女婿。」

「我講故事，你不要插嘴，這樣我會講不下去。對了，我剛才說到哪兒了？」

原來秀才的記性不好。「你說到公主的新郎、皇上的女婿蓋新房。」潘玉珊笑嘻嘻的提醒他。

「對對對，屋子蓋沒幾天，駙馬爺覺得地太小，就想把隔壁王喜的屋子買下來。」

「賣呀，」潘玉珊說，「駙馬爺官大錢多，賣他穩賺錢。」

「那是王喜祖傳的老家，再多錢也不能賣。」

「那就勸駙馬爺別占那麼大的地嘛！」潘玉珊說。

「駙馬爺想的更簡單，他可是皇上的女婿。他直接寫張條子給王喜，說王喜家的麻雀很吵，吵得他睡不著覺。限王喜十天之內把麻雀抓光光，不能讓麻雀再吵他。否則，他就為民除害，派人拆了那屋子，往後不怕麻雀吵。」

「麻雀吵不吵，關王喜什麼事？無理。」潘玉珊不服氣。

秀才搖搖頭。「再無理也無人敢管哪。那幾天王喜都愁眉苦臉的，直到包大人替他寫了一張字條給駙馬爺，問題就解決了。」

這下子，眾人都好奇的問：

「字條上寫什麼？」

秀才洋洋得意的看看大家，這才慢條斯理的唸：「麻雀天性愛自由，想飛哪裡飛哪裡，根本不是我的錯。駙馬若覺雀兒吵，請把牠們押過來，在下一定嚴加管教，命令牠們莫亂叫。」

潘玉珊笑了，「麻雀飛來飛去，誰抓得到？」

秀才也笑了，「所以，駙馬爺知道王喜背後有高人指點，對王喜變得客客氣氣，修改了新房的設計圖，再也不敢提要拆人家屋子的事。」

書市裡的人望著李黑胖大的身影搖頭說：「這個呆瓜，看來慘了。」

「奇怪了，你怎麼知道得這麼清楚呢？連字條上的字都知道？」潘玉珊很好奇。

秀才拱拱手說：「行不改名，坐不改姓，我就是王喜。包大人幫了我們王家的大忙，我可不能知恩不報。」

9 名揚書市一條街

畢伯斯沒到街上看熱鬧，他被一塊雕版吸引住了。雕版擺在工作桌上，畢蘭介紹過，那是她爹——畢老闆刻的。版子跟墊板一樣大，是某本書裡的某一頁。大部分的字都刻好了，只差左下角三個字用毛筆打了草稿，還沒刻出來。

觀自在菩薩。行深般若波羅蜜多時。照見五蘊皆空。度一切苦厄。舍利子。色不異空。空不異色。

是《心經》！

畢伯斯的阿媽常在佛堂唸《心經》，他從小聽到大，都會背了。

雕版上刻好的字，橫筆細一點，直筆粗一點，跟電腦裡的宋體字一樣。

字與字之間，排列得整整齊齊；雖然是人工刻出來的，每個字卻都刻得一樣大小。

「我們老師寫的板書，都沒有這麼好看。」畢伯斯想。他把雕版拿起來聞，木雕版子有股香氣，是上好的棗木，剛才畢蘭也說過了。

他摸摸雕版，又把它放回去，忍不住拿起桌邊的雕刻刀，自己在每個字間比畫著。

他邊唸邊比畫，想像畢老闆的刀怎麼切怎麼削。

「如果我這刀……」雕刻刀斜斜的比畫著。

「你在做什麼？」

不知道是誰在他後頭喊了一聲，嚇得畢伯斯手抖了一下，那把雕刻刀從手中落了下去。

刷！刀鋒把雕版上最後一行「菩提薩婆訶」最後一個字的「言」字邊削掉，成了「可」。

咚，雕刻刀落到了地上，刀邊斷了一個角。

「你……」

那是畢老闆。畢老闆拿起雕版，氣得大吼：「我刻了一個月啊！」

聽到吼聲，外頭看熱鬧的人全回來了。

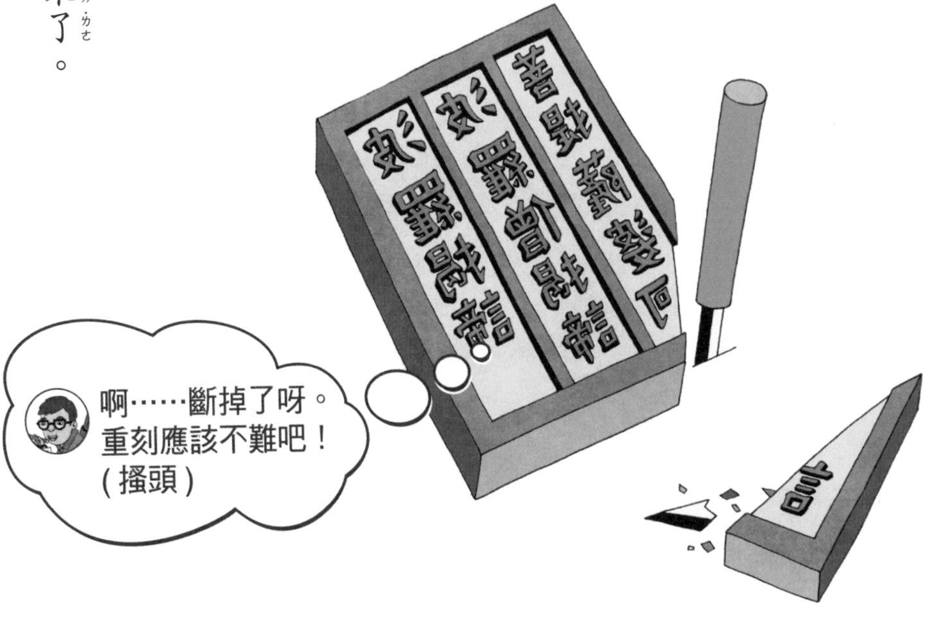

這會兒，畢記印書更熱鬧了。

潘玉珊看了一眼說：「沒關係，只壞掉一個字……」

畢蘭搖搖頭，「壞了一個字，整頁都得重刻。」

「重刻？每一個字？」

畢蘭解釋：「當然，這是要拿來印書的。一塊木板上能刻兩百個字，錯了一個字，噢，不，是連一筆一畫都不能出錯。即使只有錯一點點，一切都要重來。」

「那太麻煩了吧。」潘玉珊說，「你們可以一個字一個字刻呀，刻好的字綁在一起印。就算刻壞了，也只錯了一個字。」

「一個字一個字刻？」畢老闆氣呼呼的拿起雕刻刀，削了一小塊長方形的木頭說：「在這麼小的木頭上刻字？怎麼刻？」

那塊木頭，比印章還要小，想在上面刻一個字，真的很難。

畢伯斯問：「如果刻在其他東西上呢，例如……」他東看西看，突然瞄到背簍裡的瓶子。梅瓶是瓷土做成的，燒成瓷器後形狀就固定了。畢伯斯急忙提議：「如果在泥塊上刻字呢，行不行？」

畢老闆更氣了，「泥塊一壓就碎，怎麼刻字？如何印書？你賠我的雕版來。」

畢伯斯說：「可能、可能，用泥土印書，真的有可能。」

「痴人說夢，」所有的人都望著他，「不可能，泥土怎麼印書？」

畢伯斯拿出梅瓶解釋：「泥土不能印書，但如果把它們燒一燒呢？燒硬了，變成陶器或瓷器呢？」

阿呱的反應最快，「唉呀，大發現，大進展，等我一下，我先磨墨。」

「為什麼要磨墨？」大家問。

阿呱揚揚手裡的本子說：「等我把這件事抄起來，將來有一天，人們會記住這一天，我們現在有一個新發現，就是把字一個一個刻完，綁起來，就可以拿去印書。」

「沒錯，一個字一個字分別刻，字燒硬了就能重複使用。對了，我要準備一個跟書頁一樣寬的鐵盤子，把每一行字擺上去，然後……」畢老闆的腦筋動得更快。

他一邊想，一邊說，想到得意的地方就手舞足蹈；想不出來時，竟然拉著鬍子扯著頭髮，最後還突然抬起頭，瞪著畢伯斯。

這麼聰明的方法
我怎麼沒有早點想到？
竟然讓那個毛頭小子
搶了我的鋒頭！

畢伯斯平時膽子就小，他嚇得退後一步。「我……我……」

畢老闆大步走過來，拉起他的手說：「小兄弟，我畢昇向你鞠個躬，剛才我太凶了，你沒嚇著吧？謝謝你掉了那把雕刻刀，壞了我的一個字，卻讓我想出一個名揚書市一條街的方法。」

畢昇的活字印刷術

畢昇是北宋人，在他發明活字版印刷術之前，北宋流行的是雕版印刷。這是一種很費力的方法：先在一塊木板上，一個字一個字的刻出要印刷的內容。刻好後，塗上墨，再一張一張的印刷。印完了，這個板子也就沒有用了。如果是一部長篇鉅著，光是刻版就不知要耗掉多少精力。如果刻版中出現錯誤，那就前功盡棄，須再從頭做起。

畢昇總結前人的經驗，經過反覆的實踐，終於發明了活字版印刷術。他先找來細質的膠泥（就是黏土），做成一個個小方塊，在上面刻出反字後，再用火燒一下，讓字變得堅固。印刷前先按著文章內容揀字，並按順序排好，再用一塊平整的板子將字面壓平，這樣就可以印刷了。印刷結束後把活字取下來，待下一次再用。有了活字版印刷，人們就不必費勁去雕版了。

這項發明最後傳入歐洲各國，影響了全世界。歷史學家拉施德在其於一三一〇年寫的《世界史》中，曾詳盡記述了中國的印刷術。一四五〇年，德國人史騰堡以鉛、銻、錫合金製造活字用來印刷，但已經比畢昇的發明整整晚了四百多年。

活字版印刷是中國的四大發明之一。它的出現，讓讀書再也不是一件困難的事，加速了文化的交流。

沈括在《夢溪筆談》裡說：「畢昇死後，他的活字傳到我的子侄們手裡，至今還被我們保存著。」由此可知，沈括一定見過畢昇製造的泥活字，所以才在自己的著作中有這麼真實的記載。

超時空傳聲筒

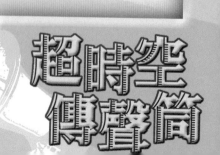

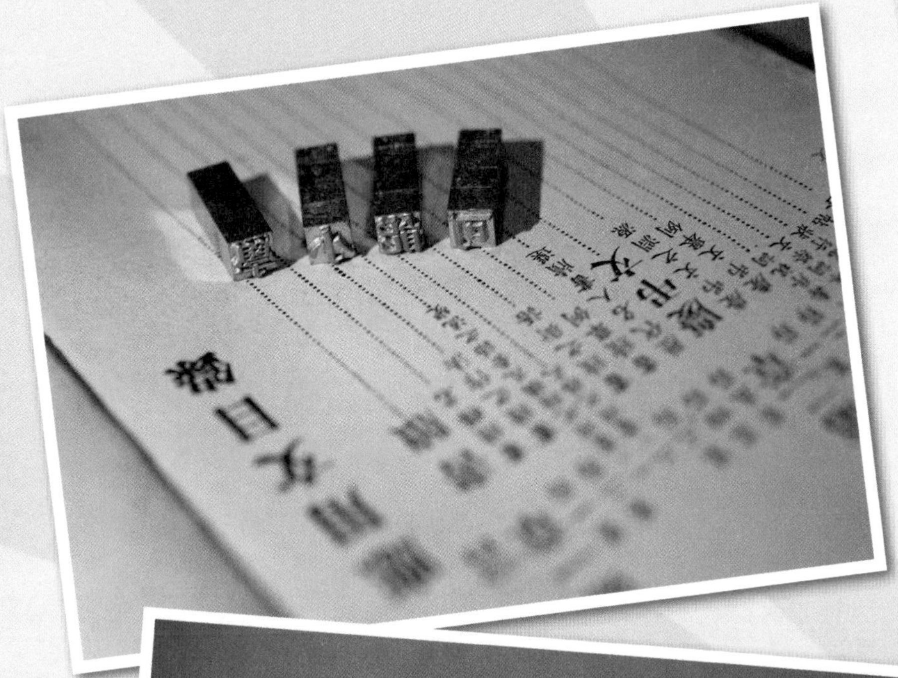

來自日星鑄字行（全臺僅存的一家活版鑄字廠）的中文鉛字

10 你以後是包青天

畢昇在院子裡轉圈圈，邊轉邊想，邊想邊叫：「常用的不過四千字，把它們分給十個刻字師傅，一個人只要……」

他性子急，算術又不好，想了半天，想不出結果。

「一個人刻四百個字。」潘玉珊很熱心。

「你別吵，我自己會算。四千個字分給十個人，一個人刻……刻……」他扯著鬍子想啊想，想不出來很生氣，扯下一大把鬍子後，終於讓他算出來了。「四百個字。」

潘玉珊有點兒生氣的說：「早跟你說了，一個人四百個字。」

「一個人刻四百個字，頂多十天，那十個人就是……」畢昇搖頭晃腦。

「還是十天。」潘玉珊想幫他的忙。

「瞎說，」畢昇數學不好，卻聽不進別人的意見。「十天怎麼可能刻得完，一個人都要十天了。」

「當然可能，你讓他們十個人同時動工，十天就刻好了呀。」

「這……這……」畢昇扯扯鬍子，拍手大叫，他終於想通了。「對對對，真的只要十天。十天後，四千個字刻好燒硬了，往後不管什麼文章，我們只要把這些字排在盤子裡，要印什麼有什麼，到時候……」

「怎麼樣？」大家問。

他得意的說：「書市一條街，誰能比我強？」

阿呱拍拍手。畢昇說話的時候，他也拚命作筆記。他寫好後站起來。

「畢老闆，我跟你說，如果有一天，我這本書寫完了，你一定要用這法子幫我印書。」

畢昇拍拍他的肩膀：「那還用說嗎？有了這方法印書，誰還要一塊版、一塊版的雕呢。

「先印范大人的詞吧。」門外有人探頭進來，那人有張黑色的臉，額頭上有個淡黃色的胎記。

潘玉珊把他拉進來，「包大人，你回來了，李黑呢？」所有的人開始圍著他，你一言我一語，關心起李黑的下落。

畢蘭擔心的問：「李黑的爹是大官，您沒怎麼樣吧？」

包拯笑說：「當然沒事呀。別忘了，潘玉珊姑娘說我以後是青天大老爺呢。我沒事，倒是李黑被他爹狠狠打了屁股。」

畢伯斯問他：「你怎麼說服他爹的？」

「我也沒說什麼，只把他寫的那四百首詩詞交給一個孩子讀，那小孩邊讀邊哭，可憐極了。」

「為什麼哭呢？」

「那孩子說，李白先生好好的詩，誰把它亂改的？李黑的爹不相信，一把搶過去，這一看，氣到臉都歪了。」

「那他爹……」大家急著想知道結果。

「他爹二話不說，先打了他十大板，再把他兒子交到我手上，要我好好教他；在李黑學好之前，別再讓他出來丟人現眼。」

哇～爹我知錯了，下次不敢了！
養子不教我之過！一定要好好給你一個教訓！

他說到這兒，朝後頭招招手說：「你出來吧！」門後出來一個圓圓胖胖的人，是李黑。他走路一拐一拐，面朝包拯，恭恭敬敬的喊了聲：「路見不平，拔刀相助的包老師好。」

「還抄不抄別人的文章？」

「包老師說不能抄，那我就不抄了；老師讓我抄，我再抄。」

包拯彈了一下他的額頭說：「什麼老師讓你抄你就抄？我警告你，從今往後，你要再敢抄別人文章，我就請你爹再打幾板子。」

「不能抄，怎麼寫得出文章？」李黑哭喪著臉。

包拯搖搖頭。「唉，教到你，算我倒楣，你跟我回去好好讀書。畢老闆，別忘了幫我印范大人的詞。阿呱，有空再來汴京玩。還有你們……」

他看著畢伯斯的背筐，突然想到，「差點兒忘了一件事——我來的路上，聽說范大人快離開京城了，你們快去找他。」

潘玉珊和畢伯斯同時大叫：「范大人要離開汴京？」

包拯嘆口氣。「范大人這幾年做了幾件大事：為皇上推行新政，裁掉多餘官員，減少貴族的收入，目的就在強兵富國。但是……」

阿呱說：「反對的人太多？」

畢伯斯舉手問：「他惹得皇上不開心？」

李黑得意的說：「這個小范老子，還偷偷拉幫結派。皇上最討厭人家做這檔子事了，他偏偏要做，現在被貶官了也不稀奇。」

包拯把他推開。「你這小子，好人壞人分不清，什麼拉幫結派。范大人身邊沒有幾個得力官員，又怎麼推行新政呢？」

阿呱問：「那麼，現在范大人打算怎麼辦？」

「范大人剛收到文書，要被貶到外地。你們如果想見他，現在趕去城門口一定見得著。」包拯說。

「那我們快走吧，」畢伯斯把背筐拿起來，「趕快把瓶子送給他，完成我們的任務。」

包拯說：「想跟他送別的人太多，城門口說不定都堵住了。我給你們畫張地圖，你們照著圖去找他，很快就能繞到城門口。」

一說到「地圖」，畢伯斯忍不住和潘玉珊互相看了一眼——機車老師叫他們來找地圖，他們還沒完成任務呢。

11 小范老子

聽聞范大人要走，書市裡亂成一片。關心范大人的、純粹看熱鬧的、騎馬的、拉駱駝的、趕馬車的……大家全擠上街頭。

阿呱緊抓著畢伯斯，畢伯斯想拉潘玉珊，潘玉珊卻被個老婆婆纏住。

「范大人是個好官員。當年他守衛邊境，西夏兵像潮水一樣的來了，范大人像道堅強的城牆，緊緊守護大宋的國土。」

「你當年……」

「我當年住在邊境放羊。我們家的羊啊，每一隻都好乖，小黃、小楊、小白和小灰，那時……」老婆婆一講起當年，就停不下來。

潘玉珊聽得津津有味，畢伯斯提醒她：「你再不走快一點，就見不到范大人了。」

「婆婆，待會兒再聽你說故事，我們先去找范大人。」

他們照著包拯畫的地圖，拐進一條小巷；潘玉珊勸畢伯斯：「別跑得太急，如果老婆婆跌倒了，怎麼辦？」

她竟然也把老婆婆帶來了。

老婆婆年紀大，腳步卻很快。「當年西夏兵來襲，我逃難時跑得才叫快，『小腳賽金花』的名號不是叫假的。」

「小腳賽金花？」阿呱有興趣了，掏出紙筆就想記。

畢伯斯催他：「阿呱，別急啦，等我們找到了范大人，你想記多少事都行。」

巷子口，萬頭攢動，畢伯斯根本擠不過去。潘玉珊靈活的拉著婆婆，拖著畢伯斯，鑽過兩隻駱駝，擠過一匹黑馬，經過一群嘰哩呱啦的三姑六婆——對了，中途還撞翻一個大鼓。

那是個樂隊。大鼓滾到地上，打鈸的一個不注意，被鼓絆倒了，樂隊亂成一團。潘玉珊趁機找到一個空隙，拉著大家用力擠出人群。她抬起頭，正對著一頭小毛驢。小毛驢伸出舌頭舔舔她。

「噁心！」潘玉珊好生氣，「笨驢子。」

驢子上有個乾乾瘦瘦、眼神和藹的老伯。「沒錯，笨驢載笨人。」

潘玉珊說：「我沒說你笨。」

「當笨人不錯，不用管太多事。」

畢伯斯發現老伯說話時，吵雜的城門口，漸漸安靜了。

潘玉珊性子急，她要老伯讓讓，「你別擋著光，我們找人呢。」

「找誰呀？」

「范大人呀，那個『軍中有一范，西賊聞之驚破膽』的范大人。」

她一講，前後的人同時跟著喊：「軍中有一范，西賊聞之驚破膽。」

「原來大家都會唸。」潘玉珊很得意。同時她的袖子被人拉了拉——

是老婆婆。

老婆婆說：「小姑娘，范大人。」

「我知道呀，這句話說的就是范仲淹范大人。」

「不是啦，我是說他。」老婆婆指著那個老伯。

「他？」

「他就是范大人。」

「什麼？」

眼前騎著笨驢，乾乾瘦瘦的老伯伯是范大人？

有些人沒見過范仲淹，忍不住高聲問：「范大人，范大人在哪兒？」

范仲淹下驢，找了個箱子站上去對大家說：「我就是范仲淹。」

有個老漢問：「小范老子？」

另個年輕人說：「聽人說，小范老子身高十尺，不是個老頭。」

一個士兵接話：「他只要眼睛一瞪，就能把西夏兵燒個精光。」

大家喊：「你不是小范老子！」

范仲淹在箱子上大笑：「我還聽說小范老子放個屁，就能把西夏兵炸光光呢。這種傳言你們也相信……」這話把大家都逗笑了，城門口一片笑聲。畢伯斯拿出瓷瓶。

阿呱解釋說：「定窯的易師傅託我們把這瓶子送給您。」
范大人看著自己寫的詞，摸了摸那幾個凹下去的字，久久都沒說話。
有些人為他打抱不平：「您想讓咱們大宋好，卻被貶到了地方上。」
「老天爺您開開眼哪。」
「那些說您壞話的小人……」
范大人卻笑了笑說：「不不不，在哪兒當官都一樣。在京城做官，幫皇上分憂解勞；到地方上做官，真心誠意為百姓造福。」
潘玉珊說：「那不就是個傻瓜嗎？皇上都不相信你了。」
「可是，我相信我自己呀。我相信我做的事是為百姓好；等到有一天，大家都快樂了，那不是很好嗎？」
潘玉珊走到他面前，很認真的問：「到那時，你要做什麼？」
「什麼？」

「你老是憂國憂民——好吧，如果有一天，就是大家都幸福平安快樂美滿的那天，你想要做什麼？」

「做什麼……」范大人想了想，他從懷裡掏出一張地圖，用雙手展開——那是大宋和它邊疆國家的地圖，上頭用紅筆黑筆寫了密密麻麻的記號。「年輕的時候，我讀書考功名；中年的時候，我帶兵打仗，保護國家。這些年來，我有個願望，那就是我想去的地方，先用筆做上記號；等有朝一日天下太平了，我一定要四處走走看看。」

「出門旅行，好願望。」畢伯斯說。

范大人搖搖頭說：「我一直以為這就是我最快樂的事。」

阿呱問：「那現在……」

「我看到這麼多鄉親對我的期望，我突然發現，看到大家幸福快樂的表情，那才是全天下最快樂的事。」

阿呱說：「別人的快樂，就是你的快樂？」

范大人點點頭。「就算我在地方做個小官，我也很開心，因為我是真心誠意為百姓做事啊。我做的事，是為大家好的。天下還有比這更快樂的事嗎？」

小腳賽金花婆婆說：「傻瓜，別人當官都要撈大錢，蓋大屋，買很多田產。」

「那我就當個不撈錢的傻瓜。」

「天下就你一個這樣的大傻瓜。」小腳賽金花婆婆握著范大人的手說，「但是，因為有你這樣的傻瓜，咱們百姓才有好的生活。」

「傻瓜不必提心吊膽，傻瓜走到哪兒都是咧嘴笑的。」范大人把梅瓶交給小腳賽金花婆婆。「瓶子送您，我該走了。」

「把這麼好的瓶子送人，不覺得可惜嗎？」

「這麼好的瓶子，我怕這頭笨驢把它摔壞了。」

「我替您保管。」小腳賽金花婆婆舉著瓶子，「范大人送的瓶子，千金不換。」

范大人隨手一揚，連那張地圖都不要了，他輕喝一聲，頭也不回的騎著小毛驢走了。

畢伯斯也想跟上去，阿呱卻拉住他說：「你忘了地圖嗎？你們老師不是要你帶地圖回去？」

「你怎麼知道？」畢伯斯問。

潘玉珊來不及多想，她跳起來，推著畢伯斯。「快追地圖。」

地圖被風吹得老遠。這風可真大，地圖先在空中飄飄蕩蕩，最後掉進護城河下的橋洞。

那洞又深又黑。但潘玉珊的動作迅速，她伸手一撈。「我抓到了。」

但是，她俯衝的力量太大，整個人往下掉。幸好，她是攀岩高手，單手抓住橋邊，正想往上爬時，後頭的畢伯斯以為她掉下去了，撲過來想拉她，卻把她往下一擠，結果，兩個人同時掉了下去。

那個橋洞有多深？

橋洞底下應該只有水吧？

時間應該只有一下子，卻也好像過了很久很久。

奇怪，等了那麼久，什麼時候才要掉到底呢？

畢伯斯悄悄睜開眼睛，四周一片漆黑安靜。他的腳尖傳來一股極細微的電流，不痛不癢，輕快流過全身每一個毛細孔。

電流一瞬即過，感覺卻像過了一輩子。

畢伯斯忍不住看了看潘玉珊。

潘玉珊也正好奇的望著他，彷彿在那一剎那，他們都變了。

明明沒有。

身上還穿著宋代衣服，人還是原來的樣子。

頭頂有盞燈亮了，屋子裡木架子上放了好多地圖。

潘玉珊望著畢伯斯。「我們好像又回來了。」他們跑回學校的大操場──不對，是宋朝開封府的廣場。這裡應該有場演唱會，舞臺背景的地圖還是錯的。

臺上靜悄悄──大家在等待什麼呢？

潘玉珊看看手上的地圖，是范大人畫的那張地圖。

「難道在等這張地圖？」

「當然不是。」幾個小女生氣呼呼的說，「機車，機車，我們要機車主唱。」

原來機車老師剛才也沒上場。

「來了、來了。」機車老師蹦蹦跳跳的上了場，燈光重新打開，音樂再度強襲每個人的耳朵；攝影機開拍了，導演的聲音，從擴音喇叭裡傳來：「機車老師，你剛才到底去哪兒啦？」

高高瘦瘦的機車老師，用力撥動吉他，從喇叭裡竄出一串音符。他的嘴角微微牽動了一下，一副似笑非笑的模樣……

「阿呱！」潘玉珊很肯定。

「阿呱是宋朝人哪。」畢伯斯說。

「阿呱，你是阿呱。」潘玉珊大叫。

她的聲音不大，但是穿過眾人拿的ＬＥＤ加油棒，她真的看見機車老師停了那麼一下下。他不撥吉他了，抬起頭往潘玉珊的方向看了一眼。視線交會時，老師好像還笑了一笑。

「他不是阿呱啦。」畢伯斯在她旁邊說。

潘玉珊卻笑了。「不管是不是他，總之，我們去了一趟宋朝。」

「對對對，是宋朝。我進了汴京城，見到了包青天，還送給范大人一個梅瓶……」畢伯斯喃喃自語著。

舞臺上，機車老師正在說話，那是開封烏龍茶廣告詞的最後一句：「開封烏龍茶，千年好滋味，宋瓷包裝，穿越情懷，開封烏龍茶，啊——宋啦……」

北宋名臣范仲淹

范仲淹是北宋名臣。他從小好讀書，因為父親去世得早，跟著母親改嫁到山東，改姓朱。等他知道自己的身世，毅然離開山東，跑到睢陽應天府書院去讀書。

他這次離去，得不到經濟的資助，每天的食物就是一碗粥。把粥放涼後用刀子劃成四塊，早晚各吃兩塊——他就用這精神讀了五年書。

范仲淹有個同學，覺得他實在太刻苦了，特別帶了美食請他吃。沒想到，范仲淹婉拒同學的好意，他說：「我很感謝你的好意，但是我喝粥喝習慣了，一旦吃到美食，往後喝粥可能就沒有味道了。」

有一次，當時的皇帝宋真宗來到睢陽，大家全跑去看熱鬧，只有范仲淹動也不動。有人問他為什麼不去一睹皇上風采，范仲淹很有志氣的說：「將來晉見也不晚。」

他的志氣，在他二十七歲那年達成：他考上進士，在皇宮見到皇帝，當了官，並光榮迎回母親奉養，恢復原姓，完成他人生第一個願望。

范仲淹當官時，總是不平則鳴；他堅持自己為國為民的主張，還曾經三次被貶官到地方當小官。但他就此灰心喪志了嗎？當然不。

即使只當一名小小的地方官員，他也是努力為百姓謀福利。現在中國泰州有座范公堤，就是他不斷向朝廷陳情，動員全縣百姓才建成的大海堤，讓泰州百姓再也不必受潮水侵襲之苦。

除了是文官，范仲淹也能打仗。他鎮守邊疆時，西夏軍隊無法攻城掠地。為穩定民心，范仲淹編歌謠讓百姓傳唱：「軍中有一韓（韓琦），西賊聞之心膽寒；軍中有一范（范仲淹），西賊聞之驚破膽。」讓邊疆有了一段和平時期。

范仲淹雖然一生為國為民，還是免不了經常遭人排擠；但是在文學、軍事及政治上，都留下璀燦的一頁。

范仲淹畫像

看完了宋朝的故事，大家是否對「包大人」的印象更深刻？他不僅是小說家筆下的人物，電視劇裡的角色，更是宋代百姓們崇敬的對象。

想要更了解包大人，知道他更多的祕密嗎？別敲碗，別心急，我們立刻請這位特別來賓上場，跟大家說清楚，講明白。

：歡迎大家收看「絕對可能會客室」。

：在絕對可能會客室裡，會見你想都想不到的人物。

：（驚訝狀）怎麼可能？

：所以才叫做絕對可能啊。

：那今天的來賓是……

：滿臉漆黑，一彎新月在額頭的包青天包大人。

（背景音樂下）

開封有個包青天，鐵面無私辨忠奸，

江湖好漢來相助，王朝和馬漢站……

：嗨！小包，先跟大家打個招呼吧。

：大家好，我是包拯，包青天是大家給我取的綽號。我時間不多，開封府裡還有幾個案子要判，不能在這裡耽誤太多時間，不然誤了來申冤的百姓們，那就可能會讓無辜的……

：（急切狀）嘿！小包，故事裡你明明有張大黑臉哪，怎麼現在變得這麼白淨，快告訴讀者們，你最近用了哪家的美白保養品嗎？

：這我可要好好澄清一下，其實我的臉跟大家一樣，都是正宗炎黃子孫的臉孔，絕對沒用什麼面膜或是保養品。前面故事是為了符合小說裡的印象，所以他們給我畫上黑墨汁，替我取了個「包黑子」的外號。今天恰好有機會，請各位看清楚一點，下了戲的包拯並不黑，包子是白的，「包黑子」也是白的……

：我上回看書，說小時候你二哥想要害死你，故意把你推到枯井裡，井底兩邊分別刻著月牙和太陽，而你的頭恰好撞在月亮那一邊，所以才有額頭上這個特殊標記。

：（攤手）不不不，我是包家獨生子，那些都是小說家掰出來的。我額頭上是有一個淡淡的胎記，從我出生就有了，你們看見了嗎？

：有有有，我看見了，真的不像月亮。

：比較像包子，難怪大家叫你包黑子。

：對了，小包，你到底是什麼官哪？怎麼又要治理城市又要辦案？

：我是開封府的知府，開封是北宋的首都，所以我就像你們的臺北市市長一樣，平時要治理開封府，有案件也要去斷案。

：那你一共做了幾年的開封知府呢？

：不多，總共才一年多。

：才一年多，你就成了連續劇的主角，還有量身訂做的主題曲？

：只要有心想做事，一年多也可以做很多事的。

：大家說你是包青天，說你有什麼狗頭鍘、龍頭鍘的，只要罪證確鑿，甚至可以當庭鍘掉皇親國戚……

：（連忙搖動雙手）不對不對，這又是小說家的想像力了，我怎麼可以當庭鍘人呢？我們宋朝對官司案件一向謹慎，想要定一個人的罪，至少也要經過幾個不同法官判案。況且我們的仁宗愛民如子，絕對不可能讓我當庭鍘掉人頭。

：但是大家都說你鐵面無私，又說你是文曲星下凡……

：其實我只是規定平時要大開正門，老百姓來告狀時，不許刁難他們。我照著法律判案，不管是天子還是百姓，我都秉公處理。

：原來是這樣，有沒有什麼例子可以跟大家分享的？

：有哇，像那個大官王逵，自己亂立一堆名目，什麼水牛稅、豐收稅、生兒子稅的，為了自己的荷包，任意向老百姓加稅，隨便一加就是好多錢。他用這些百姓們的血汗錢賄賂其他官員，害得百姓們有苦無處訴。

：告他呀。

：哪告得了，有一次聽說他要調到湖南當官……

：大家都拍手歡迎？

：不，他到了湖南，卻看不到半個百姓。

：難道大家放暑假？

：不，大家怕死他了，攜家帶眷跑進山裡躲起來。

：這麼壞的人，沒人管得了他嗎？

：我當時就收到三布袋的檢舉信。

：那你趕快辦他呀。

：（氣呼呼狀）我向皇上告了七次御狀，請皇上罷免他，但是被他收買的人卻幫他講話，皇上信以為真，扳不倒！

：（搖著包拯）那怎麼辦？你是包青天，你快想辦法呀。

：（喘不過氣來）潘玉珊，你先把手放開，我快窒息啦。你放心，我當然饒不了他，我每次見到皇上就為民請命一次，有一次還把唾沫噴到皇上臉上。

：你糗大了。

：我們仁宗皇上脾氣好，笑咪咪的擦掉口水，終於把王逵罷免回家。

：哇，謝謝你。

：你謝我做什麼？

：一來，謝你剛才沒噴我口水；二來，謝謝你替百姓出口怨氣。

：講到皇帝，我們都很好奇。印象中，宋朝好像一直很弱，被金朝、西夏和蒙古壓著打？

：其實我們大宋的武力也沒大家想的那麼弱。當年，我們北宋擁有世界上最強大的步兵軍團，所以才能結束五代十國紛亂的局面。南宋時，我們也有一支當時最厲害的水軍，如果沒有水軍，怎麼能抵擋橫掃天下的蒙古大軍呢？

：可是你們好像一直都無法消滅強敵……

：那是我們宋朝人愛好和平嘛，不像元朝，整天想統一天下。我們和遼國訂和約，得到將近一百年的平安歲月，這才能全力發展文化事業呀。宋朝的瓷器美，詩詞美，宋朝的文人特別有氣質。而且你看，我們幾乎只要國家有難就會出現幾個力挽狂瀾的大人物，像范仲淹、岳飛和楊家將，誰說我們宋朝弱！

：（看看手錶）是是是，不好意思，小包，我們今天只能訪問到這裡，時間到了。

：咦，我還沒說完哪，我們大宋懂得用頭腦跟敵人談判，只用一個和約，就和遼國保持了百年的和平，這可是古往今來很少有的成就；再者，提到宋朝的詩詞……

：小包、小包，我們錄影的時間真的要結束了，攝影大哥要關機了。

：我還有很多沒說清楚，我們宋朝……

：（插嘴）小包！我好像聽到開封府有人鳴鼓申冤了。

：（立刻站起來）哎呀，我就說嘛，我時間有限，忙著辦案，我這就回去。不過，你們確定不聽我上回辦了一個駙馬的故事嗎？

：不了不了，感謝包大人來我們的節目。希望還有機會邀請你。

：沒問題，你們先別走，等我把案子斷完，我立刻回來。

絕對可能任務——

看完了潘玉珊和畢伯斯在宋朝的冒險，
是不是覺得刺激又有趣？
想成為時空冒險旅人中的一員嗎？機會來了！
接下來的任務就交到你手上，
讓不可能的任務成為可能吧！

任務1 一首宋詞看盡英雄的背影

教案設計：溫美玉／臺南大學附設實驗小學教師

蘇幕遮

宋／范仲淹

碧雲天，黃葉地，秋色連波，波上寒煙翠。
山映斜陽天接水，芳草無情，更在斜陽外。
黯鄉魂，追旅思，夜夜除非，好夢留人睡。
明月樓高休獨倚，酒入愁腸，化作相思淚。

主題	先讀詞，再思考	我的想像、推論與回答
季節、地點、景物	一、這是什麼季節，有哪些景色、景物的變化？ 二、詞描寫的是什麼時間？你怎麼知道？ 三、你覺得這是哪裡？在自己的庭院，還是打仗的旅程中？你怎麼知道？	

	四、這樣的景色，你喜歡嗎？為什麼？	
范仲淹	五、請參考附錄人物性格分析表來說明范仲淹的作為，並從文章中找線索來支持你的論點。（可選二到四個）	
發生的事情	六、這樣的景色中，范仲淹怎麼了？請想像他的動作、表情…… 七、請參考附錄情緒列表，寫出范仲淹有什麼樣的情緒反應？為什麼會出現這些情緒？	
讀者迴響	八、如果是你，你會跟范仲淹一樣，有這樣的情緒反應嗎？為什麼？ 九、從范仲淹的這首詞中，你同意很多人說他是「鐵漢柔情」這樣的形容嗎？為什麼？ 十、除了思鄉之愁，對於國仇（北宋）是否也是他揮之不去的痛苦呢？為什麼？（請在文章中找線索說明）	

任務2  我的「清明上河圖」

1. 基礎題：請把文章中描述「清明上河圖」的場景，畫下來成為「我的清明上河圖」，並模擬字畫的捲軸，試著用卷軸的方式慢慢展開。圖中可包含潘玉珊和畢伯斯。

建議文字段落：

第三十五頁倒數第四行：城門後果然是一條大街。大街至少有三十公尺寬，一邊是茶樓、酒樓和客棧，另一邊是肉鋪、香料店和飾品店等。商店裡擺滿了絲綢布料、奇珍異寶、剛出爐的大餅，還有姑娘們喜歡的胭脂水粉，樣樣俱全。

第三十八頁倒數第四行：潘玉珊可沒空跟他解釋數位影像的原理，因為她看到畢伯斯已經在大街上跑來跑去，兩手張開，把自己當成了小飛俠。他經過一隊牛車；跳過賣水果的阿婆；鑽過一匹馬的肚子。

2. 進階題：畫完基礎題之後，請發揮創意，在圖裡加入自己設計的景物，例如：人物、動物、物品、街景等等，讓這幅圖充滿想像與樂趣。

我的清明上河圖

附錄一 情緒列表

煩悶	興奮	驚喜	孤單	愉快	安心	害怕	不耐煩
空虛	絕望	幸福	解脫	快樂	期待	憤怒	生氣
無力	狂喜	沾沾自喜	委屈	自負	震驚	矛盾	自信
無奈	抓狂	感動	歉疚	難過	痛快	驕傲	感激
羨慕	滿足	悲傷	疲憊	忌妒	希望	得意	自卑
恐懼	緊張	舒服	放鬆	愚蠢	失望	煩悶	痛苦
勇敢	焦慮	丟臉	喜悅	懷疑	沮喪	安全	貼心

附錄二　人物性格分析列表

武斷	體貼	順從	主動
自負	主見	膽大	好動
粗魯	自信	堅持	冷酷
被動	害羞	審慎	吹毛求疵
伶俐	依賴	熱情	慈悲
冷靜	固執	穩重	獨立
友善	浮躁	膽小	率真
富同情心	保守	剛強	隨便

徵人啟事——包大人的助手「小偵探」

雇主（老闆）	包拯
工作名稱	包大人的助手——小偵探
工作時間	時間無上限
工作內容	1. 協助包大人辦案。 2. 練習武功，鍛鍊體能。 3. 閱讀相關書籍並發表心得。
薪資待遇及年終獎金	1. 按公務人員薪水計算。 2. 績效獎金視國庫狀況而定。
工作地點	全國各地

「小偵探」應徵者的自我介紹

姓名	
年齡	
大頭貼	
興趣	
專長	

具備條件	工作挑戰	成長及收穫
聰明、冷靜、運動神經發達、耐心、具同理心、謹慎、不怕吃苦。	1.面對歹徒要打鬥。 2.晚上可能要值勤。 3.要克服不熟悉的工作地點、環境。	1.對人性更加理解，未來可成為心理專家。 2.對事情的發生過程有更犀利、細膩的觀察與分析。 3.武功愈來愈高強，再也不怕有對手。 4.得到眾人的尊敬與推崇。 5.可能被史家記上一筆，將會名留青史，永垂不朽。

應徵此項工作的理由，及對包大人的理解	為什麼包大人要錄取你？你跟其他應徵者有何不同？

作者的話

上一堂穿越千古的歷史課

讀國中的時候，我們歷史老師的綽號叫「老祖宗」。

老祖宗當然不姓老，她的年紀也很小，人長得溫柔美麗又大方；會有這麼逗趣的外號，全來自她的第一堂課。

那堂課講五十萬年前的北京猿人。北京猿人是人類的老祖宗，住在周口店，他們那時已經會用火了。如果老祖宗半夜想上廁所，對不起，那時代沒有馬桶，屋裡也沒有電燈，他們得走到山洞外頭解決；「要是一不小心哪……」老師的講課聲音停了一下，純粹想吊我們胃口。

「會怎樣啦？」我們班的肥仔問。

「要是一不小心碰上老虎，老祖宗就成了老虎的消夜囉。」

那堂課，老師左一句老祖宗、右一句老祖宗，她的外號就是這麼來的。

老祖宗的歷史課沒有違和感，她講起課，那些事彷彿昨天剛發生般，在那個還沒人談穿越的年代，我們的歷史課早就在玩穿越了。

例如有一堂課講唐朝，老祖宗不知道去哪兒找來導遊三角旗，帶我們穿越千古，回到唐朝參加她的一日遊行程；從長安春明門進去，經過灞橋風雪，直到唐玄宗的興慶宮……課上完了，長安城的東西南北也全記住了。

又例如她有天早上，帶了一堆食物來，什麼包子饅頭香蕉蘋果橘子的。我們猜老祖宗要請大家吃早餐，她說沒錯，但是要我們先猜猜，哪些食物北宋人吃不到，猜對了，才有賞。

前一天她才教過東西文化交流，後一天就帶食物讓你穿越時空，夠鮮了吧。

等我當了老師，幫小朋友上社會，我也希望孩子別離歷史太遠；古代人的生活，除了科技輸我們之外，其實也跟我們差不多。

他們一樣會生氣，一樣喜歡別人拍馬屁；長安城的房價高得讓人買不起；放假的時候，古人也喜歡去城外郊遊，不想留在城裡堵馬車。

古人的喜怒哀樂，和我們差不多。

因為差不多，我就盡量把小朋友和李白、杜甫畫上等號，人人聽得笑嘻嘻。

這次我又有機會寫「可能小學」，為了這件快樂的事，我又有機會跑大陸。

想要把故事寫好，最好能親臨現場。西安離古代的長安不遠；洛陽是東漢的首都；北宋的首都在開封；這些地方我都去了，站在古人生活過的地方，望著一樣的藍天與太陽，閉上眼睛，我真有一睜眼就能見到李白、杜甫的感覺呢。

啊，要是真能遇到他們一次，該有多好？

於是，我決定了，帶大家回到歷史上的關鍵點：

戰國，我想帶你們認識莊子——那個參透生死，喜歡講故事的道家學派主角。他身處戰國咚咚戰鼓中，會活得如何精采呢？

東漢，造紙術剛被發明出來，那時的人怎麼看待「紙」這種東西呢？東漢還出過一位偉大的科學家張衡，他不但懂科技，也熟天文和書畫詩詞，簡直是十項全能的古人，值得我們走一趟東漢去拜訪他。

北宋有一張名揚千古的畫——清明上河圖；開封有個斷案如神的包青天；平時看畫要去故宮，看包青天得等電視連續劇，現在有機會穿越一下，我也想帶你們到北宋。

最後是元朝。相較其它朝代，元朝奠基於草原，他們是馬背上的蒙古族，只是他們的故事被歷史的雲煙遮蔽太久，趁這時候，我們騎馬馭鷹進元朝，帥不帥？

唐太宗教我們：要把歷史當成一面鏡子，當你面對難題時，想想古時候的人會下什麼樣的判斷：有人做了錯的決定，遺臭千年；有人做了對的選擇，從此青史留名。

親愛的小朋友，當你讀歷史書時，如果能從中汲取一點精華，你這一生必能活得同等精采。

走吧，咱們穿越千古，來上歷史課吧。

審訂者的話

在孩子心中種下探索歷史的種子

柳立言／中央研究院歷史語言研究所助研究員

本書中我最欣賞的一句是「老師說的不一定對。想知道正確答案，一定要自己查過才放心」。但答案要到哪裡查？網路上很多錯誤的訊息，最好還是查閱專業出版社和專家的作品，包括辭典和百科全書——在宋代稱為「類書」。

宋代的兒童讀物有《千字文》和《三字經》等，內容龐雜，包括法律知識，有些連今天的大學教授也不見得通曉。同樣，本書的內容美不勝收。人物有包拯、范仲淹、畢昇和耶律王爺等，涵蓋不同的領域：包是法律、范是軍事和政治、畢是文化和科技，耶律是外交和貿易。文藝部分有瓷器、書畫、地圖、詩詞、印刷和佛經等，均可看到宋代的重要文化成就。

提起文化傳播，大都想到絲綢之路，但唐宋大不同。唐代的絲綢之路以陸路為主、水路為副，而宋代以水路為主、陸路為副。赫赫有名的沉船海南一號、碗礁一號、白礁一號和二號，無不顯示瓷器的貿易主要從沿海港口運銷海外，因其數量龐大，影響也更大。有些政策則不利於交流，例如宋人將宋遼貿易限制在邊境的榷場，兩國商人均難登堂奧。宋人也被禁止向遼國販售大部分的書籍，也不准漢遼通婚——事實上，當時遼國的精英大都採一夫一妻多妾制，也樂於接受漢文化。成本亦會影響流通，例如畢昇的活字印刷術費用甚高，並不普遍，有點像今日許多中學生的發明，雖然得獎，但無法上市。

本書中段花了較多的篇幅介紹包青天。首先是「聞了香氣，還了錢聲」，可看到包拯的機智。但是，讀者不妨想想，不是每個人都如此聰明，那麼還有哪些解決辦法呢？假如聰明屬於「人治」，訴諸法律未嘗不是「法治」。其次是獨臂人說自己「少了一隻手，怎麼可能偷東西」，而包拯證明一隻手也能偷東西。讀者不妨想想，這樣就能證明獨臂人是竊賊嗎？人治不一定可靠，引伸的問題是：宋代要定罪（指罪名，如偷竊）和量刑（指懲罰，如處死），需要什麼根據？跟今天的科學辦案和刑法上的「罪刑法定」有何分別？

再次是著作權，李黑把李白、李煜和李商隱三位同宗的著作當作自己的，究竟犯了何罪？他的八位書僮真的可稱作「共犯」嗎？依我看，李黑在道德上確是不對，但在法律上很難入罪，我們必須把道德與法律分清楚。引伸的問題是：歷史事實有無著作權可言？「歷史事實」與「歷史研究」是不同的兩回事。澶淵之盟簽訂於一〇〇五年是歷史事實，任何人都沒有著作權；但盟約是如何簽訂的、它對宋朝有利還是有害等諸多問題，不同的研究者可有不同的答案。有些可能是錯的，自然不是歷史事實；即使是對的，也找不到宋代的人來對質證明其對，故也難說是歷史事實，只能說是「比較有可能是歷史事實或真相」，其性質自屬歷史研究之過程和結果。所以，無論我們引用錯的答案或可能是對的答案，都應註明是哪一位學人的研究成果。同理，標點古書，標錯的自然不是歷史事實，而要避免誤標之譏，還是以註明誰是標點者為上策。

歷史研究有基本六問：何人（who）、何事（what）、何地（where）、何時（when）、為何（why）、如何（how）。希望讀者們養成一面閱讀一面發問的習慣，也藉由此書拉近自己和歷史的距離。

故事的引力

林文寶／臺東大學榮譽教授

從小我們就要學習各種生活的基本、知識、技能與情意。而故事是學習的酵素，總是可以讓難入口的知識，變成一道道可口的佳餚。

大部分的學生都認為學習是件苦悶的事，不過如果學生肯扎扎實實的學會學習，學習會是一件快樂的事。

隨著時代的改變，填鴨式的學習已經不在，新的教育講求更多元化的學習，主要幫助孩子培養邏輯思考與理解能力，進而達到快樂的學習。而【可能小學】這一系列知識性作品，強調從故事當中認識歷史，就有這樣的趨勢。

【可能小學】的場景是發生在學校，校園生活故事一直是孩子喜歡的故事，因為與孩子的生活最接近，所以能產生極大的共鳴。若是說看完【可能小學】，學校的考試就沒有問題，這是騙人的；不過，應該可以引發孩子對於歷史的興趣，增強孩子的學習動機。

而這次的【可能小學】新系列，是介紹戰國、東漢、北宋和元朝四個朝代，這四個朝代都是中國燦爛精采的朝代，每個朝代都有其美麗的風景，舉凡飲食、服裝、藝術、文化都與眾不同；因此若能熟悉各個朝代的歷史，相信對於孩子的生活與眼界，一定有所助益。歷史的重要，在於「借鏡」——通過閱讀歷史的過程當中，可以發現前人的智慧，更了解自身文化。

一個喜愛閱讀的孩子，他的眼睛總是雪亮，他的人生絕對比別人更為精采；因為閱讀的關係，使他的眼界遠了，心也寬了。

閱讀絕對根植於生活，知識也是如此，如果能把知識生活化，絕對是學習的祕密武器。在我長期的任教生涯中，發現能夠把知識生活化，而非教育化的時候，學習效果會有不可思議的成長。

那麼，如何把知識生活化呢？首先，我們必須要有個概念：當知識不被使用到的時候，它就是廢物，一文不值，還占腦容量呢！唯有生活化，讓知識與生活連結在一起。當知識能在生活當中被運用，知識才是知識，孩子也在使用知識的過程中，獲得相當的成就感。

當一個孩子可以透過環遊世界，學習每個國家的地理，或者歷史，一定比靠著課本上的平面知識學習的效果，來得好上一百倍；因為歷史不再是冷冰無聊的文字敘述，而是可以摸得到的實際經驗，這就是知識生活化，得到絕佳學習效果的最好例子。

但是並非每個孩子都能有此般環境與經濟條件，不過不用擔心，因為科技的發達，使得孩子可以透過電視、網路等科技媒體得到知識生活化的效果。例如觀看旅遊節目、歷史戲劇，或者現在也愈來愈多偶像歷史劇，都可以達到知識與生活作為連結的方式，讓知識就在我們的生活當中。

王文華的【可能小學】將知識生活化，將許多歷史變成一則則校園的生活事件；他把歷史變成故事的情節，不只活化了歷史，還增添現代感，使得現在的孩子也能輕鬆閱讀。於是在市場上獲得廣大的支持——具時代性，新穎的題材，是他的價值。

【可能小學】系列不只將故事生活化，還將故事趣味化，使得在閱讀的過程當中，相當的愉快，沒有壓力，還能嗅聞到歷史的芬芳，絕對是歷史課本的補充教材，或是引導教材的不二選擇。因為它不是教科書，它是寓教於樂的讀物。

更因為它有生活，有故事。

搖搖紙扇訪宋朝

作　　者｜王文華
繪　　者｜L&W studio

責任編輯｜許嘉諾
特約編輯｜劉握瑜
美術設計｜林佳慧
行銷企劃｜陳雅婷

天下雜誌群創辦人｜殷允芃
董事長兼執行長｜何琦瑜
媒體暨產品事業群
總經理｜游玉雪
副總經理｜林彥傑
總編輯｜林欣靜
行銷總監｜林育菁
副總監｜李幼婷
版權主任｜何晨瑋、黃微真

出 版 者｜親子天下股份有限公司
地　　址｜台北市 104 建國北路一段 96 號 4 樓
電　　話｜（02）2509-2800　傳真｜（02）2509-2462
網　　址｜www.parenting.com.tw
讀者服務專線｜（02）2662-0332　週一～週五：09:00~17:30
讀者服務傳真｜（02）2662-6048
客服信箱｜parenting@cw.com.tw
法律顧問｜台英國際商務法律事務所・羅明通律師
製版印刷｜中原造像股份有限公司
總 經 銷｜大和圖書有限公司　電話：（02）8990-2588
出版日期｜2015 年 11 月第一版第一次印行
　　　　　2024 年 8 月第一版第二十四次印行
定　　價｜280 元
書　　號｜BKKCE015P
I S B N ｜978-986-92261-4-1（平裝）

訂購服務
親子天下 Shopping｜shopping.parenting.com.tw
海外・大量訂購｜parenting@cw.com.tw
書香花園｜台北市建國北路二段 6 巷 11 號　電話（02）2506-1635
劃撥帳號｜50331356 親子天下股份有限公司

國家圖書館出版品預行編目資料

搖搖紙扇訪宋朝 / 王文華文 ; L&W studio 圖 .
-- 第一版 . -- 臺北市 : 親子天下 , 2015.11
160面 ; 17×22公分 . -- (可能小學的歷史任務 . II ; 3)

ISBN 978-986-92261-4-1 (平裝)

859.6　　104019880